xueer

阅读
照亮教育人生

YUEDU
ZHAOLIANG
JIAOYU RENSHENG

吴奇／著

宁波出版社

学而书坊 —— 学而时之 不亦说乎

图书在版编目（CIP）数据

阅读照亮教育人生 / 吴奇著. — 宁波：宁波出版社，2019.7
　　ISBN 978-7-5526-3232-3

　　Ⅰ. ①阅… Ⅱ. ①吴… Ⅲ. ①随笔－作品集－中国－当代 Ⅳ. ① I267.1

中国版本图书馆 CIP 数据核字（2018）第 113408 号

阅读照亮教育人生

吴　奇　著

出版发行	宁波出版社
	（宁波市甬江大道 1 号宁波书城 8 号楼 6 楼　315040）
责任编辑	张利萍　陈　静
责任校对	尤佳敏
装帧设计	金字斋
印　　刷	宁波白云印刷有限公司
印　　张	18.25
开　　本	710 毫米 ×1000 毫米　1/16
字　　数	220 千
版　　次	2019 年 7 月第 1 版
印　　次	2019 年 7 月第 1 次印刷
标准书号	ISBN 978-7-5526-3232-3
定　　价	35.00 元

序　言

提升阅读能力

常生龙

感谢吴奇老师的信任，使我有机会提前拜读这本书的书稿，对吴老师的教育情怀以及孜孜以求的探索精神有了更加深刻的认识。

因为博客、因为阅读，促成了我和吴奇老师的互动交流。相识八年来，他坚持不懈地开展阅读，而且笔耕不辍，经常在《中国教育报》等报刊上发表佳作，有力地促进了自身的专业成长。《阅读照亮教育人生》一书，是吴奇老师多年广泛阅读和坚持写作的结晶。书中对教育改革要回归教育本源、遵循教育教学的规律，教学实践要善于汲取优秀传统文化以及古往今来的教育名家的教育智慧，站在前人的肩膀上创新发展，教师成长需要具备批判性思维和哲学思考等诸多方面进行了反思，这些思考能引发读者更多的思考，有助于一线教师改进教学行为，丰富自身的实践智慧。

（一）

信息时代以不可阻挡的力量改变着人们的生活方式和学习方式，也对今天的教师提出了新的挑战。

在漫长的教育历程中，教师始终是资源的提供者和信息的占有者，学生所学的绝大多数知识，都来自教师的言传身教。这种信息和资源的不对称性，突显了教师在教育教学过程中的地位和作用。随着信息技术的迅猛发展和智能设备的日益普及，教师忽然发现，学生通过各种媒介所掌握的信息、所占有的资源并不比教师少，有些教师不大熟悉的事情学生反而能说得头头是道。因为信息不对称而带来的"本领恐慌"，要求教师必须做出改变，以适应社会发展、学生学习的需求。

阅读是教师克服"本领恐慌"的重要途径。所以，作为一名教师，必须要养成良好的阅读习惯、具备较强的阅读能力，才能影响学生的阅读行为，帮助他们更好地认识世界、面向未来。选择优秀的专业书籍，既可以从书中寻找伟大的教育智慧、思想以及教育技巧，又可以结合自身实际，从书中萃取对自身成长有帮助的元素。朱永新说，想成为一个真正的"读书人"，就要在阅读上领先一步，带头读起来；要乐于阅读优秀的书，成为优秀的自己，引领更多人热爱阅读。按这个标准来看，吴奇老师已经是一位优秀的领读者了。

（二）

在信息时代，一个缺乏阅读能力的人，很可能就是一个功能性的文盲。

阅读是搜集和处理信息、认识世界、发展思维、获得审美体验的重要途径。人的阅读能力存在着程度上的差异，从简单到复杂大体可以分为四个不同的层级。

一是感知。拿到一个文本，能熟悉其中的字词，知道这些字词所要表达的基本意思；能熟练地将文本复述出来或者对主要内容进行概述；能知道文章的体裁，把握文章的主要思想。

二是关联。对文本的内容和结构有较为清晰的认识，并能梳理出它们之间的内在联系；能够从语言文字的表达中捕捉到字里行间所隐含的"言外之意"，知道作者之所以这样写的用意；能够理解作者写作时的思想感情，和作者进行跨越时空的对话。

三是鉴赏。通过对作品深入细致的评析，辨别作品所传递的信息的真伪，做出合理合情的评判；能够依据一定的评判标准判断出这一作品的品位，确定是否具有仔细研读的价值；能够对作品所传递的思想和情感做出判断，不盲从，不迷信。

四是创造。把所阅读的内容融入自己的经验之中，丰富自己的认知体系；将阅读和自己的学习、工作以及生活经验相联结，让自己跳出书本的局限，在联系实际的过程中获得新的感悟和启发；将阅读所获迁移到新的情境之中，把死书本化为活材料，由旧知识生成新思想。

很多时候，人们的阅读往往停留在感知、关联的层面，很难上升到鉴赏、创造的高度，这与我们平时没有养成良好的阅读习惯，对阅读的理解和认识不够深刻有很大的关系。吴奇老师的这些读书体会，有不少是鉴赏和创造层面的佳作，值得我们静下心来品味。

（三）

　　人的阅读能力不是天生的，也不是一下子就能形成的，它是在长期的阅读实践中逐步积累起来的。想着读上几本书就能把握某一领域的核心，是不现实的；期望通过"临时抱佛脚"来增长自己的才干，也是不可能实现的。只有踏踏实实、定下心来坚持不懈地开展阅读，经由一段时间的积淀，才有可能看到自己在各方面的变化。这是一个修行的过程，要尽可能地摒弃各种功利思想，纯粹地投入阅读之中。

　　将阅读与自己的教育教学工作有机结合，可以有效提升阅读能力。我们在工作实践中，有很多的困惑和疑问，其中有不少已经有了答案和结论，并且通过各种媒介记录了下来。有良好阅读习惯的教师，会在不经意间得到相关问题的破解思路，获得疑难杂症的化解妙方。这种阅读中的顿悟，也会让自己越来越喜欢阅读，形成良性循环。当然，要做到这一点，教师自己需要有内心的深度觉醒。坚持不懈地阅读，确实是一件非常辛苦的事情，需要投入时间和精力，可能还需要改变自己的一些生活习惯。只有充分意识到阅读的价值，意识到阅读对厚实自己精神底色的意义，才会无怨无悔地投入其中。也只有沉浸其中，才会发现它的美好，进而被深深地陶醉和震撼。

　　在坚持阅读的同时加强写作，也是提升阅读能力的有效途径。阅读和写作，一个是汲取和输入的过程，另一个则是释放和输出的过程。阅读一本书，和作者有了一番心灵交汇的对话之后，对自己的思维进行梳理，通过写作的方式来记录自己的阅读，与作者和更多的人进行沟通和交流，不仅有助于自身专业水平的提升，也有利于阅读能力的培养。

吴奇老师的这本书就是很好的示范。当然，教师的写作不应局限于读书笔记，还应该包括教学随笔、教育叙事、教育科研成果的报告等。教师走进学校、走进教室，每天都会发生很多有趣的事情，每天都会有生成性的教学情境，如果留意这些，并通过随笔的形式记录下来，作为鲜活的教育资料，就会成为自身专业成长的原动力。在这些教育随笔中，一定会有一些引起自己深思、对别人有启迪意义的故事，将这些故事讲述出来，并尝试着从教育学、心理学等角度加以诠释，一篇有价值的叙事故事就诞生了。选择自身教育实践中的一个困惑点，通过文献阅读、实践探索等多种方式进行研究，将整个过程记录下来，在取得突破之后加以梳理，形成研究报告，对其他有同类困惑的教师的启迪作用也会非常大。

世上无难事，只怕有心人。希望吴奇老师的这本书能够唤起更多的教师对阅读的关注，并身体力行，不断提升阅读能力，为全面提升教育质量做出更大的贡献。

（常生龙，上海市教育考试院副院长，曾任上海市虹口区人大教科文卫工委主任、上海市虹口区教育局局长，上海市特级教师，2012年度《中国教育报》推动读书十大人物）

目录

第一辑　阅读，焕发生命精彩

通过教育，让每个人拥有获取知识的能力，实现人格的全面发展，让每个生命都活得精彩。要想做到这些，我们可以通过阅读洞悉教育规律，并按照教育规律办事，这样，教育教学会产生巨大作用，教书育人才会"水落石出"。

003　唤醒地球村居民的呐喊

006　学校在窗外

009　教师是课程改革发展的火车头

012　学学蔡元培的校长之道

016　课堂不是教师独挑的担子

021　培养聪明的学习者

026　洞悉学生学习的内在规律

031　教师智慧教学的路线图

035　帮助学生建立一幅成功的教学图像

043　让学生做自己生命的主人

048　引导孩子找寻自己的路

053　大脑不是用来思考的

057　揭开家庭作业的迷思

060　教育让每一个生命精彩

065　硬教育是这样炼成的

070　中学教育要为学生的成长留白

075　没有教科书,给孩子无限可能的澳洲教育

078　芬兰教育:我们可以学习什么

082　定制个性化的教育并不遥远

第二辑　阅读,发现教育妙招

乔布斯说:"并不是每个人都需要种植自己的粮食,也不是每个人都需要做自己穿的衣服,我们说着别人发明的语言,使用别人发明的数学……我们一直在使用别人的成果。使用人类的已有经验和知识来进行发明创造是一件很了不起的事情。"用心阅读,你就会发现"立竿见影"的教育妙招,这无疑是教师发展的一条捷径。

089　用开放孕育出希望的种子

094　立竿见影的101条建议

097　成为好教师并不难

099　互动才是消除问题的钥匙

102　点亮通往有效教学的"绿灯"

104　每一颗种子都能绽放美丽

108　做一个智慧的教育者

111　点亮节日教育的天空

114　通往优质教学之路

117　揭开经典作品的潜在之美

123　语文就是要教有用的

第三辑　阅读，唤起内心觉醒

阅读，就是与最美风景一次次邂逅。在相遇中，我们会发现教师成长有路可循，有路可鉴，殊途同归。最核心的是唤起内心的深度觉醒，鼓起教学勇气，让生命自觉成为事业发展的内在力量。

131　孔子是伟大的教师

135　生命自觉：深深扎根于那块叫作
　　　"中国文化"的土壤

140　自传研究方法：教育改革的内在力量

145　阅读，与最美风景一次次地邂逅

149　课堂不是教师自我展示的舞台

153　教师成长永远在路上

157　鼓起教学勇气

159　慎重对待课堂上的价值多元

162　唤起内心的深度觉醒

第四辑　阅读，传承经典智慧

中华文化经典是巨大的宝库。作为现代教育者，更应拥有开放的胸襟与胆识，具备全面与扬弃的思维，具有批判承继、知行合一的实践能力。面对经典，我们要运用脑髓，放出眼光，精心挑选，主动占有，学以致用。

167　重拾传统是为了更好地前行

172　无障碍阅读国学经典

177　智慧恒久远

183　学以化性，礼以范学

189　以天合天，顺天致性

195　《三字经》的教育智慧

199　问听思修是学习的不二法门

203　她们在岁月深处熠熠生辉

207　深深怀念那温馨的教育情怀

第五辑　阅读,学会哲学思辨

要想解决自己教育中的问题,要想教学生用哲学的思辨意识去思考问题,教师就要先具备一定的哲学思辨意识和能力。那么,如何拥有哲学思辨意识和能力?无他,唯有读书,学会与哲人对话。用心灵唤醒心灵,用思想点燃思想。

215　注重孩子的心灵培养

218　教育的本质是心灵唤醒心灵

221　教育是师生主体间自由交往的过程

224　鲜活的知识才有生命力

227　让孩子感受到发现世界的喜悦

231　教育理论与实践共生共存

234　独创性会被单一模式摧毁

238　激发儿童自动求知的本性

242　对话是人类生存的重要方式

246　谦虚是学习的起点

249　要培养学生的批判意识

252　推荐书目

265　后记　读书,我一生都要做的功课

第一辑

阅读，焕发生命精彩

通过教育，让每个人拥有获取知识的能力，实现人格的全面发展，让每个生命都活得精彩。要想做到这些，我们可以通过阅读洞悉教育规律，并按照教育规律办事，这样，教育教学会产生巨大作用，教书育人才会"水落石出"。

唤醒地球村居民的呐喊

教育的真谛是什么？现代教育教人什么？教育决策需要什么？在《教育名家论教育》一书中，当今台湾教育学界的名家给出了不同凡响的诠释。

教育真谛 —— 教人成人

"教人成人"，这是台湾最具影响力的教育学家贾馥茗先生悟出的教育真谛，就是教育人由自然人成为文化人。

成人先要成己。教育者必须先修养自己。牢记"仁""诚""责"，保有赤子之心，只有这样才会真正地把学生当作教育的主体，学生学习的效果才能够显现。

面对教育改革、课程改革，贾馥茗认为，教育有适应性与不变性。随着社会发展、进步，教育要有适应性；教育的不变性则是"教人成人"，这是坚定不移的。教材可以变，随时都要变，而教育方法要变，就要先经过试验，不能"想当然"。"一纸政令"的改变不会有好结果。

教育本源 —— 补偏救弊

教育思想是一切革故鼎新的动力，其方向正确与否，关系所有政治、经济、社会与文化变革的结果与成效。

伍振鹭教授认为,无论是变法图强抑或教育改革,基本的原则应该是取人之长、补己之短。而取长补短的前提在于知己知彼,确知别人之长与自己之短;其次是善加选择,如人之长不能补己之短,或弃己之长而取人之短,则适得其反。

为了人类的永续生存与发展,作者提出现代教育要教育人"常存敬畏感恩之心""永怀仁民爱物之情""多尽生态环保之力""消除争强好胜之念"。唯有如此,世界大同理想可逐步实现,否则,人类终必自食恶果。

教育决策 —— 绵延渐进

教育改革牵一发而动全身。教育为百年大计,应有长期的透视、远景的构思及前瞻的规划。

教育的实施涉及每一个家庭,影响广泛,教育决策应顾及整个社会结构与变迁。教育问题往往涉及更深的价值观念,故一项教育政策的制定需要花费较长时间来凝聚共识。教育文化政策最好采取"绵延不断的革新",在采取渐进的策略时还要学会通权达变,避免"跳跃躁进的革命"。

教育功能复杂,其效果不能立竿见影,评鉴得失不能急功近利,只重浮面绩效。学校组织系规范组织,有其文化取向,组织成员教育水准较高,行政主管宜慎用行政权力,要多尊重、关怀,少强制、命令。

教育改革从来就不是一帆风顺的。累积数十年行政经验的黄昆辉教授指出,要避免无知的固执、轻率的改变、仓促的抉择及防御性的逃避,一个领导者必须有承受压力、慎谋能断的能力。

教育行政决定不但是一门科学,亦是一种艺术,不仅要把事情做成,而且要能做得圆满。事实上,没有最佳的决策模式,只有与情景契合度最高的决策模式,因而决策时要因时、因地、因事做变通。决策固然需要智慧与勇气,但更需要用心。

它山之石,可以攻玉。处在价值观多元、社会转型时期,我们的教育更应多一些冷静的检视,少一些喧嚣;多一些务实的试验,少一些折腾,让教育回归人性。

《教育名家论教育》
贾馥茗教授教育基金会主编
首都师范大学出版社
2009年2月出版

学校在窗外

继《童年与解放》之后,台湾著名教育家黄武雄又推出另一扛鼎之作《学校在窗外》。该书直指受教育与不受教育有什么差别,知识是什么,学校要不要存在,为什么要学语文与数学等一连串根本问题,在探寻中一一揭露出学校教育、知识和当下教改的真面目。

学校教育应做两件事:打开人的经验世界,发展人的抽象能力。"维生""互动""创造"是人存在的三个支架。人首先是生存,在匮乏社会里创造与维生犹能共存,寓创造于维生,使生命不致干枯。而创造的动力,更依赖于人与世界的互动。为维生而进行的互动,无法弥补人内心孤独的空虚。只有独立的互动,才会让人精神健全、人格独立。

进入丰裕的社会,人们的消费欲望加速膨胀。如此现实之下,人接受学校教育的多与少到底有无差异?作者通过一系列的追问,终于厘清学校教育对人关键性的影响是人的抽象能力。发展抽象能力是为了在联结别人的创造经验时,洞悉并掌握这些经验的普遍性,从而回归特殊世界,这样才称得上与世界真正联结。

如此说来,孩子去学校,最主要的是学会与世界真正联结,而联结的方法恰恰是打开经验世界,进一步发展他与人、与自然、与社会的互动。可是,今日学校教育,纯为加强孩子的竞争力,为他们未来的出路服务,以致扭曲了孩子的价值观,背叛了学校教育的宗旨。对此,作者申明,维生不必教,创造不能教,留下来的便只有互动这一项。所以,学校教育应做而且只做这两件事:打开人的经验世界,发展人的抽象能力。如果说学校教育还有第三件事该做,那么便是留白,留更多的时间与空间,让学生去创造、去冥思、去幻想、去尝试错误、去表达自己、去做各种创作。

理想的教育应该培养人独立思考的能力和成熟的心智。而现行各级教育皆着眼于替人的维生能力做准备,于是知识被套装化。在本书中,作者多次批判学校教育是纯粹传授套装知识,并指出过分推崇套装知识的地位,是今日教育出错的主要症结。

人的知识从哪里来?所谓知识,不单是书本或其他资讯所记载的文字与符号,还是人认识世界的过程。人的知识皆由他与世界的互动而来。互动的过程包含从书本或其他资讯中汲取别人的精华经验,更包含他自身的直接体验。教育就是让人重新认识自己,认识世界。

学校里传授的套装知识只是知识的一部分。一般说来,教科书上所铺陈的材料,是套装知识的典型。数学与语文的系列课程,尤其是其典型中的典型。习惯于学习套装知识,长期被遗忘了的是人最真实的经验知识。

破解之法是通过拓展知识视野,进行价值思辨,培养抽象能力,来发展人的独立思考能力。教育者应该做的事就是创造人发展独立思考的环境及催化机制。让教育内容回归知识的本来面目,把知识还原为人与世界互动的经验,而非疏离于主体经验之外的概念与资讯。

教育改革的首要任务是释放学生的心智。黄武雄教授巧借思辨智者苏格拉底之名,采用人物对话录的方式,用隐喻的手法揭示了教育改革陷入迷雾的缘由。贾巴达城进行了十年教育改革,但从学院的长老、学校教师到学生的父母都怨声载道。贾巴达有许多大班级大学校,维持集体秩序变成了学校运作的前提,学校不得不加强统一化的集体管理。

但是,如此管理剥夺了孩子们的自由与时间,更压抑了孩子的创造力与想象力。而想让学生忘情地投入学问,前提必须是先给学生自由,给学生时间与空间。唯有学生有了自由的时间、自由的想象,教师才能引导学生入门,并让学生沉浸在学问之中。教师方可循循善诱,不告诉学生答案,只提出问题,一步步引导学生解决内心的疑惑。

目前学校的主流价值与教师正在扮演的角色,其实不利于学生心智的成长,它们严重压抑了学生的想象力,扭曲了学生的价值观。教育成为复制知识的机器。实际上,人的学习大部分靠自己,而非依赖教师。教师最多从旁协助,所以教育的重点,首先在于解除学生身上的压抑感,让他恢复童年时的好奇,让他想学;其次是向他提出问题,让他看到方向;再次是营造讨论问题的环境;最后才是"教材与教法"。

《学校在窗外》

黄武雄著
首都师范大学出版社
2009年2月出版

教师是课程改革发展的火车头

《课程：教师的创新》是美国当代著名课程理论专家约翰·D.麦克尼尔的又一力作。作者高屋建瓴地向我们呈现了两个课程世界：一个是由政府部门、各级专家学者主导的课程世界，另一个则是由教师和学生们默默地构建并实施的经验世界。

当两个世界之间遭遇冲突时，教师是沟通和协调这两个世界的关键

纵观各国教育改革，大多数是自上而下进行的，而事实上，改革并没有达到决策者"优质"的目的，反而导致学生学习没有明显的进步。"为考试而教"的做法在某些学校仍然大行其道。

当今变革时代必然促使我们对整个现行教育、教学系统模式进行反思，"关注如何帮助每一个人发掘自己的潜力"已成为时代教育的重点。

这意味着传统的教学模式必须从标准化改变为根据学习者的需求进行定制，从关注教材的呈现改变为重点分析学习者的需求，从内容的灌输改变为帮助学习者理解。学生将变被动学习为主动积极学习，教师将变教师指导为师生共同指导。

肩负着各种使命的课程改革必然一轮又一轮地进行。教师如何适应课改？如何参与课改？麦克尼尔以清晰的逻辑，从不同的视角论述了教师与课程的关系：教师应该是课程的主动推进者，在把握编制课程机会时，应该既处于又超越官方的课程政策；教师在决定教什么以及如何教的时候，倾听学生的声音；课程要回应社会变革并能引发社会变革。

教师更像一个现代小说家，他选择了主题和情景，让剧情中的人物自己去谱写他们的故事

课程改革固然是在国家指导之下进行，但课程改革离不开教师的参与，再完美的教育改革理想也要通过教师的实践活动才能实现。课程改革涉及的方方面面都需要倾听一线教师的声音，需要他们出谋划策。

好莱坞电影里的教师永远扮演着英雄的角色，与顽皮的孩子和官僚的校长们做着艰苦卓绝的斗争。作者在这本书中描述的教师更像一个现代小说家，他选择了主题和情景，让剧情中的人物自己去谱写他们的故事。也就是说，教师会选择一个亟须深入探究的问题，找出各种可以让学生自己提出问题的方式，并且断定回答这些问题他们需要知道什么知识。教师不再控制学生试图回答问题时所要利用的信息、专业知识和经验，让学生有自己的成长轨迹。

让学生在课程改革中发出声音，教师就应该把学习者的需要放在第一位

通常，声音意味着决策上的话语权。让学生发出声音是指把学生理解和学习的努力放在课程的中心。从学生所了解的特定生活现象和生活场景开始，鼓励学生自己去寻求答案，形成知识，而不是从学科内容的正式结构和逻辑开始，去重复问题的现成答案，在没有真正理解和内化特定的构造之前去描述它们。

这种通过听取和回应学生的关注、观点和目标来开发课程的策略是教师必须掌握的。因为课程不是一个预存的将被传递的知识体，而是学生在形成目标、根据材料和课堂环境的其他方面采取行动以及和他人探讨观点时建构的知识和意义。

让学生在课程改革中发出声音，教师就应该把学习者的需要放在第一位，然后选择和这些需要相关联的学科内容，而不是把学科内容放在第一位，再将学科内容和学习者的个人关注联系起来。对学科内容的主题，不是简单地由教师讲解然后传递给学生储存，相反，调动学生自己的联想和与主题相关的经验，让学生主动进行知识建构。

《课程：教师的创新》是一个既"可读"又"可写"的文本。它启迪我们，书中的课程例子不是作为可被复制的范例，而是作为资源来激发读者的主动思考；它警示我们，创新既不是简单的模仿和重复，也绝不是凭空捏造、闭门造车，创新需要批判性的继承，需要对所需要突破的领域的全面了解、把握与反思；它鼓励我们，从课程改革的沉默实施者成为课程发展的积极推进者。

《课程：教师的创新》
[美]约翰·D.麦克尼尔著　徐斌艳、陈家刚主译
教育科学出版社
2008年6月出版

学学蔡元培的校长之道

蔡元培,一生中有三个重要角色:第一个角色是中华民国首位教育总长,其间提出了"五育并举"的教育方针,并废止尊孔读经;第二个角色是北京大学校长,以一校而引领一国;第三个角色是中央研究院院长,在任十二年。

其中北大校长这一角色成就了蔡元培,使他成为现代伟大的教育家之一。可以说,他为教育管理者提供了一个"在教育现实中实现教育理想"的典型案例,也为积极改革中的中小学校长提供了丰富的启悟与借鉴。

"做官为办事"和"办事为做官"

校长是学校的重要职位,对学校发展会产生关键性影响。想走校长之路或正走在校长之路上的老师都要想清楚:校长职位的真正意义与价值是什么?

北大教授张维迎把校长角色大致分为两类,即"有些人当官为办事,有些人干事为当官",并进而解释道,"当官为办事与干事为当官是完全不一样的……凡是不讨好人的事,都不去干,凡是讨好人的事都去干,这就是干事为当官的人的行为方式。至于当官为办事的校长,也就是所谓有

mission 的大学校长,绝对不会把当校长当成仕途的跳板"。在正式接任北大校长之前,蔡元培也曾经对此犹疑。尽管当时北大官僚气重,但他还是力排众议做出接任校长的决定。作为一位有理想、爱国的知识分子,蔡元培的真正"意向"是本着"教育救国"之宏愿,为"革新北大"之抱负而上任。他选择了"做官为办事"。

事实证明,蔡元培根本不把自己看成什么官。如果校长这个职位不允许他干他认为正确的事,做出校长应该做出的贡献,他宁可不要这个职位。蔡元培多次"请辞"也显示出他"做官为办事"的决心。蔡元培并非是"天神下凡",他所坚守的、秉持的也不是什么特别高深难懂的专业技能或"灵丹妙药",他只是坚持住了自己的理念,而且矢志不渝,可以说这是一种人格的力量。

"择善之睿智"与"世界之眼光"

每位校长都有自己的愿景,如何定位则能显出高下。彼得·圣吉说:"若没有一个伟大的梦想或愿景,则每天忙的都是些琐碎之事。"蔡元培提出对北大未来的新愿景是"改造成研究学问之机关,跻入世界著名大学之林"。他如此定位,是将北大摆在世界著名大学群中加以观察与理解的。经过对德国柏林大学的体验与观察,蔡元培认识到,一个国家唯有能确实建立起以"研究"为导向的"新型大学",且创造出值得令人学习的学术成绩,才叫真正以"学术"恢复民族自信心。学校之荣枯是靠高素质的师生所做的原始性研究成果来决定的,而非由数量与建筑物来决定。

源自德国的学术至上的现代大学理念,若要使其在中国土壤中生根结果,本身就考验着蔡元培的智慧,更难的是,他面对的不是如柏林大学或约翰·霍普金斯大学等新起炉灶的学术性高等学府,而是要在旧京师大学堂的根底上修补改装其内涵与面貌,挥洒的自由空间受到限制,因此更须深究"关键性"的策略,才能摆脱实践困境。

蔡元培确实是有睿见地抓住了"大学是因有此代大学问家之教授与将成为下一代大学问家之学生而成其大"的核心理念,故在构思推动北大新愿景的实践策略时,将"确保学生群对研究学问的持续性志趣与确保教授群对研究学问的独创性成就"作为治校的主轴。蔡元培也正是抓住了办教育的要诀,从"身为人"的教授和学生生存真相入手,接着才是学校建筑、设备等硬体,组织、制度等软体构思实践策略因应之,才能在古旧气息尚浓的京师之地,使北大得以冲破传统思想束缚,借着西方新学之风扶摇直上。

吸收西方文化,蔡元培采用的是稳健态度,他有意回避对德国的大学进行直接赞扬,宁愿使用如"兼容并包""囊括大典,网罗众家""万物并育而不相害,道并行而不相悖"等词语来表达学术自由的思想。这是根植于北大的实际,非常有根底的教育创新。蔡元培对西方文化如此吸收转化之法,对实施新课程改革的中小学校长们来说,不能不深思之;对那些生吞活剥、照抄照搬西方教育理论者更是要引以为戒。

忠于"现况真相",让策略更可行

愿景都是美好的,但究竟如何做到?这是每个校长设定愿景后紧接着就要认真面对的问题。若不让愿景成为高远的动人口号,则其策略就要植根于该角色所处的真实现况中,也就是在发展与愿景有关的实践策略时,须坚持忠于"现况真相"的原则,这样才能让策略更具可行性。

校长怎样在有限的任期内落实其所选择的新愿景与新策略,更考验其执行力。蔡元培不仅是个有理想的校长,更是个高度果效的执行者。在他主政的每个年度,无论所处办学情势的顺境或是逆势,都剑及履及地推动新措施。

蔡元培亲自撰写革新提案,这不但减轻了学校各单位主管的负担,更能忠实地反映出自己的构想,在转化为行动方案时,能减少落差;他亲自动笔描绘"愿景 — 策略 — 行动方案"的内涵,确保三者的一贯性,如果校长太忙,全由手下操作的话,"愿景 — 策略 — 行动方案"三者断裂的可能性就会加大,学校变革常因"行动方案本身粗糙"或"行动方案机械式地被执行"而招致失败。

蔡元培得以亲自研拟"愿景 — 策略 — 行动方案"三者内涵,得益于他有两个信息渠道:一是勤读书籍,不断阅读的习惯确保了他更丰富的写作泉源;二是游历考察。正是在这两个渠道信息的滋润下,蔡元培在面对大学各种问题时,更容易有深入细致的见解蕴于胸中,流于笔底。

校长开始书写自己的治校故事,则其主体性就能逐渐得以彰显。而当校长借鉴前辈的办学故事,则其理想性就更容易被激发。当校长既能珍爱自己的学校,又能用智慧去治理它,则办学之乐就在其中潜滋暗长了。

《跟蔡元培学当校长》
吴家莹著
首都师范大学出版社
2010 年 2 月出版

课堂不是教师独挑的担子

课堂上谁自主？传统的课堂教学研究者大多从教师的角度来探讨这一问题。然而，仅有教师的自主，是不是就能营造出良好的课堂氛围呢？需不需要学生的自主呢？《自主课堂：积极的课堂环境的作用》的作者认为，要形成自主课堂，造就一个自主自律的学习者，就必须营造积极的课堂环境；而教师只有承认并尽力满足学生的情感、动机需求，才有可能建立一个积极的、自主的学习环境——自主课堂。

课堂本来就是"允许出错的地方"

学生到底愿不愿意投入学习活动，有没有信心去学习，这都取决于教师能否充分满足学生的情感和动机需求。作者认为，"教师要想成功地培养学生的自主性学习，就必须先竭尽全力去满足学生'情绪安全感'和'归属感'的需求"。

课堂上，学生有谁愿意承认自己"无知"呢？随着年龄的增长，他们迫于家长、老师以及考试的压力，会对自己的"无知"越来越难以启齿。由于缺乏安全感，他们要么逃避学习，要么寻找借口，要么通过"小动作"引起他人注意，以期获得另外一种满足。因此，教师需要创造能够保障学生情绪安全感的课堂环境，让他们认识到，在课堂上，承认自己的知识漏洞或错误不是丢人的事——课堂本来就是"允许出错的地方"。

学生有了这样的认识,课堂气氛就会和谐、融洽,相互支持和相互欣赏的课堂氛围就会形成,自主学习才能开展起来。为此,教师要示范"勇于冒险"的做法,撕下全知全能的面具,轻松自如地承认自己"并非无所不知"。此外,教师还要注意对学生的评价,要让学生感到,无论自己回答得怎样,只要经过了认真思考,回答就是"安全的",自己就能体面地坐下来。教师尤其要避免这两种情况:对回答正确的学生,就肯定表扬;对回答错误或提出"荒谬问题"的学生,就加以批评或嘲笑。

善于关心学生的教师在教学上会更有成效。教师可以用友好的问候、微笑、写便条、聊聊天、拍拍肩膀、摸摸小脑瓜、直呼学生名字等方式,让他们天天都感受到来自老师的关心,让他们明白老师是他们永远的支持者!教师要不断地向学生灌输"每个人都能成功,也必将成功"的信念;不忽略、也不放弃任何学生,坚持不懈地帮助他们,直到学生成功。千万不要用冷酷无情或玩世不恭的态度对待学生的失败!

让学生明白学习内容对于他们成长的价值

课堂上经常会出现这样的情况:老师虽然不厌其烦地强调学习内容的重要性,可是学生依然是一副无动于衷的样子。是学生厌学吗?还是教师的教学毫无生趣?

其实,大多数学生都希望自己在学校的时间是有趣的、有意义的、有收获的。教师在强调学习内容的重要性的同时,还必须让学生明白学习内容对于他们生命成长的价值。心理学家罗杰斯认为,当学生认为学习内容与达到自己的目的有关时,就会全身心地投入这种学习中。因此,教师要想方设法增加教学内容的趣味性及其与学生生活的相关性,使课堂变得生动有趣。

什么样的课堂才称得上生动有趣呢？下面这些策略可供一线教师思考和尝试：尽可能了解学生的"文化"，如学生心目中的英雄，学生间的时尚话题、玩笑等；设法把课堂内容和学生的日常生活联系起来；设置"四两拨千斤"的问题来激发学生的兴趣，引导学生思考；采用"设置生活场景""在做中学"等方式，让学生都参与到学习中去；根据学生的兴趣重新编排课文顺序，对课文进行适当取舍……

把学生当作课堂教学的伙伴

要想让学生自主投入学习，教师不仅要努力使教学内容富有趣味，还必须想办法帮助学生树立成功的信心。目前，不少学校采取公布考试分数和等级的方式来鼓励学生，实际上对他们的心理会产生一定的负面影响。那么，教师应该怎样帮助学生树立信心呢？

一些教师只关心教学进度，而忽视了对学生理解程度的检查。即便是检查，也常常侧重那些接受能力强的学生，无暇顾及那些反应慢的学生，以致后者更加落后。教师要想改变这种现状，就必须把学生对课程的"完全理解"作为教学目标，必要时，完全可以缩减课程容量、减缓教学进度。教师还可以通过手势（学生用手指朝前或朝后表示是否理解）、不计分的小测试、鼓励学生回答问题等多种方式，积极地、持续不断地检查学生对课程的理解程度。

绝大多数教师都认为"学习是过程，而不是比赛"，可是面对各种竞争和升学压力，不少教师把应付考试、提高学生成绩当作教学重点。研究表明，在注重学习过程、个体努力和理解程度而非一味地比较成绩高低的课堂里，学生内在的学习动力一般更强，他们更愿意努力、愿意付出。

教师要把学生当作课堂教学的伙伴,鼓励并尊重学生表达真实的看法和观点。这样,学生会更加自愿地、以更多精力投入课堂活动,更愿意遵守自己和老师一起制定的课堂规范,更愿意跟老师、同学进行对话和交流。

教师可以帮助学生设计学习任务,鼓励他们设置符合自身实际且具有挑战性的目标,并一步步地朝这个目标迈进。大量的"小成功"能够帮助学生树立持久的自信和勇气,最终使他们有信心、有实力迎接更加艰巨的挑战。

课堂管理不是教师一个人的事情

学生到底有没有约束自己课堂行为的能力?回答是肯定的。审视传统的课堂管理模式,通常存在三个问题。第一,教师身兼警察、法官和陪审员三重角色,这样的角色会让学生感到沮丧,进而对学习失去兴趣。第二,教师虽然多次阻止学生的违规行为,但并没有教会学生今后如何约束自己的行为,因而是治标不治本。第三,有些教师认为惩罚违规学生就能有效地促使他们改正错误,然而结果往往相反:受到惩罚的学生会产生消极情绪,还可能出现抵触、报复的心理,甚至放弃学习。为此我们反思:课堂管理只是教师一个人的事情吗?

作者通过对"拉克玛中学责任方案"的分析,给我们提出了一种新的"学生自我约束"的管理模式。这套方案对学生的自我约束提出了具体办法,比如:让学生写出替代行为、发展适当行为的口头计划、反思改进的书面计划;对拒绝填写行为计划、不改正错误的学生,给他们设立"决策日",把家长请到学校,让家长和校长、学生共同探讨制订一份计划;召开班会,共同解决学生出现的行为问题;等等。

不过作者申明:学生自我约束模式的建立是有前提的,即教师要尽力营造积极的课堂环境;反思传统的课堂管理模式;给予学生对自己行为负责的机会;愿意多花时间,引导学生管理自己的行为。

培养学生的自主和自律不仅仅是教师的责任,也是学校管理人员、家长和学生自身所应担负的责任,这需要学生、教师、家长和学校管理者达成共识。如果将其仅仅理解为教师一方的责任,那么实践起来恐怕就举步维艰了。

《自主课堂:积极的课堂环境的作用》
[美]戴尔·里德利、[美]比尔·沃尔瑟著　沈湘秦译
中国轻工业出版社
2008年1月出版

培养聪明的学习者

学生为什么越来越没有问题？出类拔萃的学生出了校门为什么变得呆若木鸡？课堂为什么越来越引不起学生的兴趣？学生迸出的火花为什么越来越少？……读完《思维教学：培养聪明的学习者》，我豁然开朗——是我们单一的思维教学模式窒息了学生的创造能力。

《思维教学：培养聪明的学习者》这本书的整个架构源自斯腾伯格的思维三元理论。它的主旨是"教会学生如何做一个思维高手，无论是在校内还是校外"，主要目的在于"帮助教师提高学生的思维效率"。作者认为，每个人的智力都是"批判—分析性思维""创造—综合性思维""实用—情境性思维"这三种智力按不同比例合成的产物。教育者需要培养多种类型的智力，而不是仅重视一种。

适合的就是最佳的

什么策略能帮助我们提高思维能力，让我们成为聪明的学习者？斯腾伯格给出了三种可供选择的教学策略，即照本宣科策略、问答策略和对话策略。

照本宣科策略以讲课为基础，适合呈现新信息。这种策略如果运用得当，可以向学生传达大量的有用信息，但运用过度就会成为被人诟病的

"满堂灌"。问答策略以事实为基础,适合复习刚学过的知识以及测试学生的学习情况。这种策略运用得好,可以很好地评估、澄清和组织学生的知识;运用得不好则会咄咄逼人,让学生噤若寒蝉。在日常教学中,教师运用的大多是这两种思维教学模式。对话策略则是以思维为基础,适合思维教学,有利于发展学生的高级思维能力。这种策略鼓励教师与学生以及学生与学生进行口头或书面交流。在这种策略下,教师更欢迎学生提出问题,在关键时点拨、指导学生,然而对话策略如果控制不好也可能使课堂讨论变得杂乱无章、离题万里。

什么是最佳的教学策略?我们总在思考这个问题,并且努力追求"最佳、最优"的教学策略。然而,斯腾伯格告诉我们,选择最适合的、最适当的就是最佳的。照本宣科策略、问答策略和对话策略各有各的实用性,关键是要运用得好,要看教师在特定情况下的目标是什么。任何教学策略都可能成功。在实际教学中,每一种教学策略都有一席之地,并非所有的教学活动都采用对话策略,这种教学策略也未必是教学的首选策略。

在教学实践中,教师偏好某种思维策略是正常的,但过分强调一种策略,甚至只运用一种策略,就会给教学带来负面影响,也不利于发展学生的思维能力。为此,斯腾伯格建议我们要综合运用各种策略,让学生接触多种策略。把这三种思维策略有机结合的教学就是成功的、最佳的教学。

教师要做一个角色楷模

提高学生的思维能力,培养聪明的学习者,关键是教师要做一个角色楷模。教师首先要学习,要成为一个运用三种思维模式的典范。在教学过程中,学生更容易模仿的是你的行为,而不是你的说教。

教师的"身教"是实现"引导学生思维"目标的关键。"其身正,不令而行;其身不正,虽令不从。"教师的一言一行,都会对学生造成直接或间接的影响。这样的情况大家并不陌生:平时总是告诫学生千万不要死记硬背,可是在考试之前又给学生开出大量的单子,说是考试的"必背项目"。这种情况很容易让学生得出这样的结论:说是说,做是做,还是死记硬背管事儿!如果教师说一套做一套,那么就传达了自相矛盾的信息,不仅白费"言传"的力气,对学生也往往是有害的。遗憾的是,教师言传的明确信息和身教的隐含信息相抵触是很常见的现象。

我们都知道"鼓励学生发问,是进行对话教学最好的方式"。可现实中,小学生在课堂上小手举得"林立";等到了高中,愿意举手的学生就屈指可数了,甚至没有。原因何在?家长和教师恐怕难辞其咎。儿童是天生的发问家,对于他们发问的热情,我们既可以培养,也可能扼杀。儿童能不能不断地发问,尤其是能不能提出好问题,很大程度上要看家长、教师对他们的问题做何反应。

面对学生的发问,家长和教师通常"回绝问题""重复问题""承认自己无知或简单呈现信息"。这几种情况很普遍,但对学生思维的发展只有副作用,家长和教师对此不可掉以轻心。

思维教学"四两拨千斤"

同很多已毕业的学生交谈,问他们中学阶段记忆最深的课是什么样的,他们普遍认可"有意思、气氛活跃、思维发散"和"师生互相交流"的课。这其实不难理解,因为课堂互动多,兴趣就浓;交流多,人的思路就会随之大开。要达到这样的效果,教师就要精心设计问题,提出一些有思想含量、能够引发学生思考的问题。

布鲁纳说:"向学生提出挑战性的问题,可以引导学生发展智慧。"高中生学习语文,不是知与不知、懂与不懂的问题,而是知多与知少、知深与知浅的问题。教师如果能设置"四两拨千斤"的问题,就更能激发学生思维,进而用联系、比较、分析和发现的方法解读文本。

我在和学生一起学习史铁生的《我与地坛》时发现,作者对生命的感悟是隐藏在写景之中的,没有生活经历的学生是感悟不出来的。我抛出这样一个问题:"作者写了夏景、秋景和冬景,为何没有写春景?难道是他眼里没有春天?"问题抛出后,我引导学生"披文入情,沿波讨源"。

"它等待我出生,然后又等待我活到最狂妄的年龄上忽地残废了双腿。"

"十八九岁,正是人活力四射的年龄,正是人的花季,作者却残废了双腿,痛苦的心情,局外人只能意会而不可言表。"

"看作者的文字,历经沧桑四百年的地坛是一片荒芜衰败,透露了作者残疾后极为糟糕绝望的心情。"

"'有我之境,以我观物,故物皆着我之色彩。'作者失去了身体的青春,作者心中没有了春天,作者的眼中失去了春天,作者笔下也缺少了春天。"

……

通过师生探讨,作者追求生命的意志慢慢显露出来,隐藏在文字之中的作者"心中的春天"也渐渐显现出来。

新课改以来,思维教学虽然引起了教育界的广泛关注,但众多教师未能在课堂上真正运用。这本书让我们意识到:"光有知识,一个人无法思维;反之,没有思维,知识又是空洞的,是没有活力的。""良好的思维能力是取得成功的关键。"我和《思维教学:培养聪明的学习者》的作者一样坚信:教育最重要的目标就是引导学生的思维,这也是教育最令人欢欣的目标。

《思维教学:培养聪明的学习者》

[美]R.J.斯腾伯格、[美]L.S.史渥林著　赵海燕译

中国轻工业出版社

2008年1月出版

洞悉学生学习的内在规律

教育目标、学习研究方法论的变革以及网络的广泛应用,促使学习理论发生了最本质的变化,创建学习科学的时代已经来临,《学生是如何学习的:课堂中的历史》一书应运而生。该书将学习科学的灰色理论变成生命之树,以极其丰富、鲜活的案例阐释了学生在数学、历史和科学学科中的学习与发展,启发教师对学生学习开展有效的指导,证明和扩展了学习科学的理论。

学生是带着关于世界如何运行的前概念来的,教师要关注学生的前概念,并以学生的所知所思作为教学导入

从婴儿到成人的过程中,人类由前概念驱动的积极学习随处可见。对教师而言,学生从日常经验中产生的前概念是很难改变的,虽然它们在日常情境中通常发挥着良好的作用,却严重地阻碍了学生对正规学科知识的理解。

以学习者为中心的环境设计,要求教学必须把当前的教学任务与学习者已有的文化实践、信仰以及学科知识联系起来。大部分来源于生活世界的知识有时支持新的学习,有时却阻碍新的学习。但无论如何,它都毫无例外地影响学生学习的发生,所以必须予以高度重视。

在教学中，如果教师没有充分考虑学生所拥有的前概念，那么很可能就无法讲授新的概念和信息。或许为了考试，学生能够记住这些新知识，但考完以后他们将回到原来的前概念，从而导致学习的低效甚至无效。

在数学学习中，学生常常有这样一些前概念：数学是一门学习计算的学科，是一门遵守规则确保获得正确答案的学问，一些人有"做数学"的能力而一些人则没有。对此，教师必须利用学生的前概念，把教学建立在充分了解学生既有的前概念的基础上，但这也会给教学带来挑战：教师如何教数学，才能让学生意识到它并不是为了计算和遵守规则，而是为了解决与数量相关的重要问题呢？如何才能把正式的数学训练和学生解决问题的能力联系起来呢？

作者在书中告诉我们，要分析学生提出的多种解决策略，尤其是错误的策略；鼓励数学对话，学生进行数学思维的过程可以为教师未来的教学提供一个跳板；通过精心设计的"桥梁性"教学活动，预先处理学生共同的前概念和学习新的数学概念时产生的难点。

创建一个以知识为中心的课堂，教师往往要超越教材，帮助学生发现知识的结构，让学生学习最基本的概念

以知识为中心环境的课堂设计，直接来源于专家的研究。研究表明，专家的知识是拥有丰富事实性细节的、在概念框架统领下的、组织完好和提取顺畅的条件性知识。这要求设计必须重视在核心概念的组织下，引导学生建构事实丰富、便于提取和迁移的知识结构；课堂设计将核心概念、事实性知识平衡处理，并与学生的当前理解联系起来，避免只灌输给学生零散的知识。

当教育者开始重视如何帮助学生逐步发展其专长时，就会同时考虑

以知识为中心的环境和以学习者为中心的环境。对学生来说,什么知识和技能是最重要的?架构起该学科理解的核心概念是什么?对教师而言,引导学生有效掌握这些概念的具体事例和详尽的知识是什么?我们怎样才能知道学生何时达到了预设目标?这些重要问题,教师必须思考。

每个学科领域都有核心思想,这些思想有助于学生形成概念性的理解,并能够将某一特定主题与更广泛的学科领域联系起来。琼·莫斯老师在讲授有理数这一知识体系时,运用了与传统教学有着重大差异的新方法。她设计了一个学习系列,让学生先在线性测量中学习百分数和比例,然后是学习小数和分数。教师创建一个百分数测量结构,这是一个重要的知识网络,所有随后的数学学习都能与它联系起来。

创建一个以知识为中心的课堂,教师往往要超越教材,帮助学生发现知识的结构,其中最主要的做法就是让学生学习最基本的概念。教师更要关注教什么、为什么教,以及要求学生掌握到何种程度。

当把自己作为一个学习者、思考者和问题解决者时,学生的学习能力就会大大增强,他们的成绩也会迅速提高

形成性评价是课堂教学中不可或缺的,以评价为中心环境的设计正好突出了形成性评价的重要作用。反馈对学习来说是必需的,但课堂上的反馈并不常见。大行其道的终结性评价突出了对学生的甄别与选拔功能,而不是给学生提供修改和改进思维与理解的机会。

在教学过程中进行评价的目的,是使教师和学生看见自己的思考过程。评价既是以学习者为中心的课堂,也是以知识为中心的课堂的核心特征。它能够让教师抓住学生的前概念,这对于理解这些概念并在其基础上建构新知是非常关键的。一旦很好地界定了要学习的知识,就需要以评价为手段,监控学生的进步,看准学生在从非形式思维到形式思维的发展道路上处于什么位置,从而设计对学生的进步及时做出反馈的教学。

"曼纽尔,不要擦掉你的这个题。我知道你可能在想它是错的,因为你得到了一个不同的答案,但是请记住,错误帮助我们更好地学习,因为其他同学也会犯同样的错误。"书中提及的教学细节告诉我们,从只关注答案的对与错转换到关注错误答案的产生过程,是一种很好的教学技巧,非常有助于提高学生的元认知能力。

历史教学中,罗伯特·B.贝恩老师在有关哥伦布探险一节中充分运用"认知角色",把学生分为寻找支持或反驳有关资料的"证实者",追问资料作者的"来源者"和探讨过程中的融入"背景者"等。当学生在学习过程中不再是一个"旁观者",而是深入问题情境并承担一定角色任务的"主角"时,他们的学习责任意识必然增强。

当把自己作为一个学习者、思考者和问题解决者时,学生的学习能力就会大大增强,他们的成绩也会迅速提高。

教师应关注学生的思维,鼓励学生自由表达思想,我们不能把学生犯的错看作与无能有关,而是将之作为教学的有益贡献

课堂环境包含学习者、知识、评价和共同体等多种因素,有效的教学和学习离不开这些因素的平衡。学习者重点关注的学生知识和作为一个领域教学目标的知识网络必须保持联系。传统的教学倾向于强调知识网络,没有对概念性支持以及把教学建构在学习者的既有知识基础之上给予足够的重视。

以共同体为中心环境的设计,强调知识的分布性,以及学生学习的自主建构与社会建构的统一。相互讨论,接受反馈,促进反思,增强学习的动机,增加学习的机会,是共同体中心环境的特征。在一个真实的学习环境中,虽然各有侧重,但总是"四位一体",不可分割。

其实,每一个课堂都是一个共同体,每个共同体都借助一套准则、一种文化在运转着。文化影响个人之间的相互交往,对学习同样也起着调节作用。教师关注学生的思维,课堂规范应鼓励学生思想的表达,无论是试探性的还是确定性的,部分形成的还是全部形成的。其中的错误,我们不能把它看作与无能有关,而是对寻求理解的有益贡献。

在历史课堂上,罗伯特·B.贝恩老师将历史记载"问题化"。这种积极的教学法使课堂上模糊的、隐匿的东西清晰可辨,有助于历史学习从重复别人的结论,上升为理解别人是如何得出那些结论的,同时思考、甄别各种诠释的优点与局限。学生在质疑、探究、支持、拓展中发展了历史思维,培养了历史素养,同时远离了"背诵教科书"的枯燥,踏上了解开未解之谜的探索之旅。

《学生是如何学习的:课堂中的历史》
[美]M.苏珊娜·多诺万、[美]约翰·D.布兰思福特主编 张晓光、郑葳译
广西师范大学出版社
2011年3月出版

教师智慧教学的路线图

面对海量的教学内容,教师怎样才能确保学生达到深入和持久的理解呢?如何帮助所有学生从简单学习达到深度学习,从而使他们都受到激励并取得成功呢?美国著名的教学改革专家埃里克·詹森和利恩·尼克尔森为我们提供了可供借鉴的深度学习路线图。

研究课程标准,撰写优质教学目标,塑造积极的学习文化是为深度学习做积极准备

本书作者格外关注两种学习方法,即外在信息的简单学习与深度学习。针对深度学习进行教学,教师必须了解在标准与课程中所规定的内容和技能,必须充分了解教学目标以及它们彼此间的关联。

研究课程、概念、技能、要点问题以及彼此相关或彼此相似的内容之后,就要设计出一个教学单元的教学目标,用学生能接受的语言口头表述它,贯穿全课地强调它。特别要说明的是,优质的教学目标应包含下列要素:明确的高水平思考动向、要学习的明确内容、如何获取内容以及学习的最终作品或成果。每一课还要将教学目标转换成问题并写在黑板上,唤起学生的注意力,激发学生解决问题的勇气。教师所设计的优质问题能够激发学生兴趣、动机,提高学生情绪状态以及思考技能水平,而解答问题恰恰能够挑战学生的头脑。另外,每一单元需要自己将要点问题列表。可以说,一份撰写详细的、完整的教学目标将引导整个课堂。

当教师积极了解学生长处、发展机会、背景知识、兴趣和学习偏好时就可以和学生建立起更为直接的积极关系。当学生感觉到并确信教师真关心他们时,他们将更心甘情愿地接受教师并对课堂抱有期许,他们学习的积极性就会发挥到最佳。教师可以通过倾听学生的声音、发放兴趣调查表、与学生分享自己的生活、平等对待每个人等做法继续培育与学生间的积极关系。师生间的积极关系,可以使学生感到自己的学习有归属感、有权力,而归属感、有权力又能促使学生主动参与、倾听、做笔记,并坚持不懈直至取得成功。

预备、激活先期知识与获取新知识是进入深度学习的台阶

背景知识是一个人早已掌握的内容。学生的背景知识与他们的成绩之间有着很紧密的关系,它为成功提供了所需的平台、图式和词汇。激活先期知识是深度学习的一个重要步骤,而先期知识可以经由预备和预曝光来激活。正如电视制作人为了诱使观众收看下一个电视节目,以精彩场面的形式预告或预曝光节目内容,教师可以用提问和讨论以及通过形成联结来激活先期知识。

首先,要形成组块。大脑接收信息的最佳方式是小的组块、片段或相似单位信息的组群。大脑一定要有时间加工刚才所学的东西,且不能加工太多的信息。如果能把所教授的内容分解成组块,那么便能使学生更好地消化。

其次,要一次一事。大脑不可能同时有意识地考虑两种不同的意图,每次只聚焦一种有意识的意图时它的运行状态才最佳。所以教师授课时

要通过减少令人分心的事物来让学生每次深度聚焦一个概念或任务,这样一次接收一件事,足以使他们获得成功。

再次,要注意时间和顺序。在一个学习片段中,如果所有的东西都是相当的,人们往往对首先出现的东西保持最佳的记忆,对最后出现的东西保持较佳的记忆,对中间出现的东西记忆最少。许多变量,比如新奇、先期知识和情感信息,会影响一个人的信息保持力。所以教师应在每个学习片段的开头讲授最重要的信息,将中间的学习片段用于练习知识和意义加工,并确保每一课在结束时都有一个收尾。

另外,要注意学生状态的改变。一种状态由想法、感受和生理机能三个相关成分组成。当人们以特定方式思考时,身体会相应做出反应。当学生走神的时候,教师最有用的方法是改变学生的状态,而不是严厉训斥、强迫、乞求或生气。教师要学会通过状态改变来改变学生的行为或提高学生的注意力。

有目的地加工、深度地加工,让深度学习到达顶点

在教育背景中,加工是一种将原始信息巩固、转换和内化成更优质信息的技能方法。也就是说,教师可以激励并引导学生将原始资料加工成条理分明、完整和有意义的知识。经过加工的知识更易记和易用。课堂上充足的加工不仅会使学生的大脑从加工中获益,也会使教师的大脑从中获益。

作者列出了精细和有效加工的四大领域,分别是觉知、分析到综合、应用和同化。觉知领域就像开胃品,让大脑愿意去更深入和广泛地加工刚被意识引入或唤起的主题。分析到综合领域犹如主菜,让大脑得以在了解整体和各个部分后创造出一个新的整体,对知识和想法进行分离与

合并。应用领域是实践、执行或运用所学的信息来使自己、集体、国家或世界受益。在这一领域里,学生为了进行更为精细和有效的学习,需要转化内容,使其变得对他们更有意义。同化领域是将信息以个人方式内化,使内容或技能与个人联结,是个人成长和转变的关键,是终极学习的目标。将内容从觉知领域带入这一深层领域需要时间、经历。在这四个领域中,觉知领域本身并不导向深度学习,它引导学生加工简单学习,这样,其余的领域内就能够发生成功的深度学习。

本书并不旨在引导潮流。它提倡以激发深度学习而非浅层学习的方式来教学。作者在书中为我们提供了50多种适用于日常教学的深度学习课程设计模板,这些有效策略帮助教师更好地因材施教,让学生以一种更有意义的方式理解教学内容中一系列的反思性问题,既能帮助教师将教学素材用于他们的实践活动中,又能帮助他们创作自己的活动以展现自己的教学智慧。

《深度学习的7种有力策略》
[美]埃里克·詹森、[美]利恩·尼克尔森著 温暖译
华东师范大学出版社
2010年5月出版

帮助学生建立一幅成功的教学图像

《了解你的学生:选择理论下的师生双赢》是现实治疗大师威廉·格拉瑟博士的力作。经三十年的实务验证和对理论基础的再三思考,格拉瑟提出的"选择理论"更精练地传达出了其所倡导的生活化的心理学概念,希望每个人都相信自己是行为的主人,人们能选择自己的行为,而不是被动地受到外在刺激的控制。

格拉瑟主张教师必须了解学生的学习行为是一种自己的选择,所有的行为都为了满足内在的心理需求或个人内在的心理图像。人的行为不是他律或外塑,而是由基本需求所驱策。如果学习行为能满足学生的权力需求、爱与归属的需求、自由的需求与乐趣需求,则学生必然会自动自发地去学习。

既然学生待在学校的时间这么长,我们就必须找出一个可以在课堂或课间满足他们需求的学习方式

近些年,课程改革的口号响彻云霄,然而效果不彰。加深课程难度的论调,无助于减少学习动机低落学生的数量。作者认为,如果不正视学校教学结构的调整,以及老师在这个新结构中所扮演的角色,不能够给予这些改变一个公平的实验机会,那么我们将永远无法减少被强迫来学校却无心向学的学生人数。

传统学校教育中,教师是教学的主导者,课堂的一切都掌控在他或她的手上,而学生也只能依靠这位忙碌不已的老师自个儿学习。学生之间不但不会彼此共学,而且在大部分课堂上,由于彼此是成绩的竞争对手,所以没有人愿意帮助其他人,反倒是别人学得愈差,对自己愈有利。

教育体制不断改善,但还是没有人能将他们的主张落实到现有体制,很难吸引学生用功读书,即使是向来被认为更具有学习动机的名校学生。

为此,作者为我们提供了一个主要的变革在于教学方式调整与教师角色转变的有效教学的崭新架构"学习团队"。这一变革,必能有效提升学校中愿意用功读书的学生数量。这套变革的理论依据是作者提出的与传统"外在控制理论"相对的"选择理论"。

选择理论是一个关乎回馈以及人类需求满足的理论。既然学生待在学校的时间这么长,我们就必须找出一个可以在课堂或课间满足他们需求的学习方式。学生在学校不念书的问题在小学并没有那么严重,因为小学生需求的满足主要在于关爱和归属感,而这类需求的满足远比初中或高中来得容易。到了初中或高中,学生之所以不念书,是因为他们在课堂或课外并没有得到立即而满意的回馈。学生成绩愈差则愈懒散,要唤起他们开始努力的力量就愈发困难。但是,即使是这类学生,如果能给予他们足够且立即的回馈,以及重整旗鼓的机会,他们通常都会振作起来,因为他们几乎都还认定教育是有价值的。

作者告诫我们必须学会这个道理:我们无法强迫任何学生用功读书,除非他相信这么做会令自己感到满足。

就某种程度而言,我们是可以借着关闭某些场所,来强迫学生待在学校,但是我们无法强逼他们认真读书,就像谚语所言:"人能拉马到水边,但不能强迫它喝水。"一个被撕裂的学生无异于谚语中的那匹马,当他不渴的时候，你强迫他至水边，他可能也会扬起他的蹄来抗争。只有当学生被迫进入教室，却又无法体验到学习的乐趣时，纪律才成为问题。如果学生相信他们所做的任何努力都能得到实时的回馈，在任何班上都不会有纪律问题。将焦点集中在纪律，反而忽略了问题的症结所在：如果日复一日，我们不断强迫学生去做找不到任何乐趣的事，我们永远也不可能教好他们。如果我们坚持维护传统的教学形态，我们就永远无法创造出一套比现有的更令人满意的教学模式。

体罚和奖励对不爱学习的学生来说都起不了作用，奖励顶多比体罚少些破坏性。现实生活中，体罚的效果似乎立竿见影，但有证据显示，对任何人而言，体罚都不是良好的长期驱动力。然而学校却将之视为长期驱动力而非短期驱动力来使用。不用功的学生由于在学校饱受体罚和胁迫，在家中却又屡受父母财物的贿赂，因此往往变得麻木不仁，以至于无论我们对他们或为他们做什么，行为上的转变似乎都遥不可及。

如果处罚方式纯属劳役而且严厉，外控驱力就会产生短暂的效应。学校领域无劳役可言，如果学生不愿意念书，任何处罚都无法逼他们就范。如果处罚或奖赏非常极端，他们或许会用功得持久一点，但到头来，他们将只学到痛恨、嘲讽教育，并且不相信教育能够满足他们生命的需求。

优秀的教师确实更善于诱导学生学习，但不论技巧多好，没有人能教会无心念书的学生。不管我们承认与否，许多学生每天按时来学校，但是却一点学习兴趣也没有。

生命不像机器，总会受到操作者的掌控，对这些机器而言，外在控制理论极其正确，但是对任何生命而言，绝不可能因为受到某种刺激，就能够做出某种"正确的"回应。事实上，所有的生物都有自我意识，都会自我操控。除非别人交代我们做的事会比我们当时所能做的任何其他事更让我们满足,否则我们不会主动照办。

所有动机皆源自我们内心的需求,无法满足学生的内在需求,学生就会无心向学

选择理论告诉我们,我们所有的行为都是为了以最好的方式满足根植于我们基因结构的五大基本需求:生理需求、心理上的归属感、权力、自由和乐趣。人们心理上四大需求的满足绝不逊于我们的嘴巴对美味、眼睛对美色、耳朵对美声、鼻子对美好气味的渴求。

与机器相比,人类有内在需求。为了满足某一项或某几项内在基本需求,人类总是不断地在行动。由此看来,那些不想念书的学生,由于受到他们内在需求的驱使,不但没有中止过他们的行动,而且还动作频繁,只是因为他们所做的不是我们所期望的,所以我们就将之视为"纪律问题"。

学生纪律问题产生的原因是他们的内在需求没有得到满足,而不是他们品德的问题。我们常常把纪律问题和品德联系在一起,其实是我们没有把学生的基本需求放在思考的首位,而是把教学和训导当作工作的要点。同样,学校从来不把学生或教师基本需求的满足视为学校教育的主要目标。

作者认为,一所好学校应该这样定义:在学校里,几乎所有的学生都相信,如果他们下功夫来学习,就能使他们的内在需求得到应有的满足,而让他们的持续学习变得有意义。可现实中,大部分学校都将办学目标集中在教学和训导上,因而忽略了学校所教所训是否能够让学生或老师的基本需求得到满足。既然这种呆板的填鸭式教育无法满足任何无心向学的学生,学校的教育目标往往也就难以达成。

选择理论的基本信念是，我们所有的行为都是为了持续满足根源于我们基因深层的五大基本需求。如果我们的行为总是源自我们自己的内在，而非来自外在的刺激，那么我们的所作所为就是主动的行为，就像所有生物一样，我们绝非只是被动地起作用与做出反应。

外在控制理论似乎能够说明一些常见、可预期的行为，如红灯停车，但是它却无法精确解释一些不可预期的行为。比如，一些有能力的学生却拒绝好好念书，无论你花多少时间、力气去教导他们都没用。而选择理论则告诉我们：无论你多努力，学生们都不愿意好好念书，实在是因为光念书无法满足他们内在的基本需求。只有当我们知道怎样才能真正满足学生内在的需求时，我们才会停止在学生满怀挫折时，还不断竭尽所能地逼迫他们用功读书的行径。秉持这种认知，我们才能重建我们的课堂学习，如此才会有更多的学生选择努力学习，因为他们知道这样做可以满足他们的内在需求。

人们总会选择去做那些当下最能满足我们的行为。几千年来，我们都错误地认为，我们对人们或为人们所做的一切，即使无法满足他们的内在需求，也能够让他们做出我们所期待的行为。例如，我教了，学生就一定能学会。如果老师所教导的无法满足学生当下最迫切的需求，无论老师教得多好，都没什么差别，学生就是不想学。

因为我们长久以来都相信只要我们努力教书，就可以让孩子们用心学习，因而无视了他们当时的内在需求。其实我们都清楚，饥饿的学生会挂念食物，孤单的学生会找寻朋友，低成就感的学生会寻求关注，这些都远比他们追求知识来得迫切。

一个学生在学校用心学习，最有可能的是，学生发现了学校生活令人满意，也有可能他所做的努力与学校课业一点关系都没有，他只是为了寻求好成绩而获得家长的奖励。反过来,一个学生无心念书,你完全可以笃定地认为,相较于学生当时所可能会去做的任何事,学校所提供的一切都无法满足学生的内在需求。

当学生在学校表现不佳,我们往往认定问题出在学生的家庭,虽然真正的理由可能是,这个学生还没有在学校找到足以令他满意的学习动力。毫无疑问,一个在家里无法满足需求的学生,会在你的班上迫切寻找爱和认同,如果无法立即得到他所想要的,他就会烦躁不安。你绝不能因此而气馁,你应该认清,只要他开始能在你的班上得到需求上的满足,以及只要你有足够的耐心应付他的不耐烦,他就会有一个很好的机会去学会跳脱家庭生活的阴霾,过一个有建设性的学校生活。

要找出更有效率的教学方式,以便更多学生愿意用心学习,让学生将学习图像保存在心中,是成功的关键所在

所有生物都被存活与繁衍的基本需求所驱使,但权力需求似乎是人类所独有的。当某种需求得到满足时,我们自然会感到愉悦,当某种需求受挫时,我们会觉得痛苦。受挫愈快速愈严重,我们感受到的痛苦愈大;满足愈快速愈深入,我们所经历的愉快也愈多。

当任一需求无法得到满足时,我们会感受到一种想去满足它的强烈冲动。如果学生在课堂上无法感受到拥有任何权力,他绝对不会用心学习;同样,如果老师在学校、课堂上,无法感受到拥有权力,他也绝对不会安心教书。因为再也没有比看到我们努力的成果得到强有力的回馈,更令人振奋了。

相反,学生愈能在你的课堂上实现他们的需求,他们愈能专心致力于课堂上的学习。要做到这一点并不容易,但是要面对许多学生日复一日无心于学习,恐怕也同样不容易。

试想,如果上学的图像与挫折、失败相连的话,孩子怎么会有心上学呢?严厉催逼一个无心学习的学生,并不可能让学生变得用功。教师必须要让学生相信,用心学习会带给他们需求上的满足,他们才有向上的动力,"错误的学习图像"才会转换成"成功的学习图像"。

我们常常给不爱学习的学生贴上阅读困难的标签,我们很少明白学生不愿意学习的真正原因。作者认为,许多孩子其实都被误诊了,他们真正的问题是,在他们的心目中,根本就没有令他们满意的阅读学习图像。

选择理论教导我们,我们所做的每一件事情起初都会以一幅令人满意的活动图像,储存在我们脑海中,而成为一种愉悦的记忆。因此,孩子在学校努力学习是因为在他们心目中有一幅"学习愉快的活动"的图像,而那些在学校无心学习的孩子,他们心目中并没有一幅"学习愉快的活动"的图像。这些孩子的行为或许不同,但本质上都是类似的,他们都把刚入小学时开始阅读和学习的愉快图像,移出了他们的脑海。

这世上,再没有比学校老师尝试劝服心中毫无任何学习图像的学生待在学校好好用功更令人气馁的事了,因为这是不可能完成的任务。没有老师能教好心中没有一丁点学习意愿的学生。如果他硬要这么做,注定会失败。如果面对太多这类学生,却又无能为力,这些老师就会变得灰心丧气,甚至将教学满意的图像从他们心中移除。走到这地步,他班上的学生就得开始学习忍受痛苦,这是一种悲惨的恶性循环。如果老师们能够充分了解选择理论,并认清在教学过程中,他们必须同时顾及自己和学生心目中的学习图像,那么整个情况可能就会完全翻转过来。

我们该庆幸,几乎所有的学生入学时都心怀努力向学的图像。只要他们心目中保有这个图像,他们就会持续努力。如果我们想要学校变得更有效能，我们所能尽力做好的事就是确保他们在低年级时的学习满意度。想要做到这一点，最好的方法就是用耐心来对待那些学习速度不如预期的低年级小孩。我们不该用成绩威胁他们，尤其不该只为了满足个人的权力需求，就用批评来挫败他们。

当老师或是家长把"永远也不可能做好"的标签贴在孩子心里时，他们往往会放弃学习，并将学习满意的图像逐出脑海，而不是更加努力用功。

学生在学校的所作所为，完全视乎他们心目中对学校的图像。孩子们在刚刚上学的时候，都会像大人们所期望的那样快乐学习并用心学习。在接下来的学校生涯中，至少有一半学生发现学习并不像他们当初所期待的那么令人满意。因此在初中前，他们就将大部分学习必备的图像都逐出了脑海。而要将这些被移除的图像重新放回他们心中，唯有仰仗他们愿意为着与当初同样的理由，将其放回原处。

因此，那些不想念书的中学生，除非在学校碰到他们认为有爱心的人，除非学校给他们提供一门令人满意的课程，否则他们是决计不肯再用心学习的，不会重新考虑将学习图像放回心中。

作者与不爱学习的学生深入交谈后，发现团队学习在他们心目中是令他们需求得到满足的图像，然而在学校的实际教学中却又没能充分提供这种课程。

《了解你的学生：选择理论下的师生双赢》

[美]格拉瑟著　杨诚译
首都师范大学出版社
2011年1月出版

让学生做自己生命的主人

教育改革的灵魂是让学生成为课程的真正主人。台湾辅仁大学中文教师谢锦桂毓著的《做自己是最深刻的反叛》就提供了成功案例。这本书直面个人与民族的心灵史,它拨动了国人敏感的神经,向人的惯性发出挑战。

点亮生命之火,让学生做自己生命的主人

人怎样被理解,就怎样被设计;人怎样被设计,就怎样被对待。产生于天人之际的中国文化所理解、所设计的人,缺少精神追求、灵魂的关注和生活。传统文化的集体性特征,使得我们自我迷失:我们不明白自己的价值,不明白自己有多重要,不敢做自己,就只好学"做人",察言观色,讨好别人;自己做的事情不重要,要别人说好才重要。不懂得学会自主,抵制不住外在的引诱哄骗,慢慢地就变成丧失个性的人。个性丧失,功利实用的文化心理则形成了。

为此,作者提出并高扬"做自己生命的主人,玩双赢的游戏"的理念。这是作者从检视人是什么和东西文化的特质及其困境中体验到的。由此,作者教学的一切构思、策略、行动都从这里出发。

作者认为,人是不能教的,只能帮助他发现自己。因为每个人都是独立完整的生命体,每个生命都会找到一条属于自己的路,旁人无法置喙、无法代替。人只能自己决定要什么,要的时候才会自愿学习;不要的时候,学习不会发生,没有人能教他,何况人是不能教的。

把课程定位为人的生命成长训练课程,让"出家"的灵魂"回家"

人来到世界上第一个任务就是要活下去,即生存。生存需要很多的资源,这些资源都不是从娘胎里带出来的,需要向外界进行争取才能获得。谢锦老师称之为"灵魂出家"。因为所要的资源都在外面,人必须要走出去才能拿到。生存就只是活着,是维持和繁衍生命,这是人的动物性;人还应该有神性,是超越物质层面的精神需求、境界,这是需要向内心寻找的,谢锦老师称之为"灵魂回家"。

人不出"家",无法维持生存;人出"家"而不归,就可能变成漂泊的游子。没有物质,人不能生存;光有物质,却不见得快乐。人只有在得到物质满足的同时赋予生命意义,才会觉得有了归宿,有了"家"。谢锦老师特意提醒大家,每个灵魂都是孤独的,都是独立前行的;每个人只有自己寻找,才能找到他的精神故乡,才能回家。

人的生命成长就是让生命"变高变大",课堂上就是以人为对象,以知识为媒介,以教学为手段,让人有更多的可能性。生命是一次性的,有长度,而且直线进行,永不回头,无法逃避。人活着,有目的、有结果、有过程,而人恰恰忽视过程,偏偏人生的意义就是在过程中自己赋予的。

对学生而言,读书很重要,知识很重要。关键是,知识如果是目的,和生命本身无关,就注定回不了家。按谢锦老师的说法就是"知识没有进入生命,不会有力量"!知识如何进入生命?形象地说,脑袋瓜里的东西如何通过全世界最长的隧道——脖子,进到四肢五骸,让全身充满能量,向着自己生命的召唤,勇往直前呢?别无他途,只有走灵魂回家之路,用灵性去体验。

挥别传统教学思维、方式,终于让作者明白课程的真谛是什么

作者从自己受教育的经验发现,教学只有一种"教师主讲,学生主听"的制式,没有伸展的方式。教师对此视而不见,也似乎从不反思、面对。处理作品时,绝大部分力量聚焦在语文层面,且重复琐琐碎碎的操作,没有上升到门径、方法的训练和引导,更不用提它和个人生命、文化心理的联结。把人搞得呆呆的、昏昏的,年纪轻轻,灵魂却显得困惑且苍老。本是关于人的课程,却变成和人没关系,还得面对,岂不令人苦恼!

谢锦认为,让学生准备好,是教学中头等重要的事情。作者反思自己的教学,以前焦点放在教师身上,教师只看见自己要做什么,把自己当成主体,是"教"人的那个人,负责把一堆学生不见得要的东西塞给他,这怎么会有真正的互动和好的结果呢?

教育的对象是人而不是书。教师借处理知识让学生去认识自己,锻炼学生自主学习、处事的能力,培养其民主性格,才是本质的东西。教师要设法使学生发现自我,学会独立思考,面对自己,面对问题,处理问题;学会检视自己、社会、传统、当代潮流,为自己找出生命之路,建构生命的意义和价值,做个有尊严的人。

教学不是教书。教书,是教师把书教给学生,知识是对象,是目的,人不在其中。教师关注的焦点在理性,并不碰触感性和灵性。教学,则是教师和学生,借助教材进行开发"人"的工作。教学是两个以上的心灵之间的关系,是合作的艺术。

教学艺术不是教学技术。教学技术只是操作的技巧,与人无关,可由练习而致,经反复操作而臻于熟练。教学艺术则是教师考虑到"人"的发展与成长才是前提,并以热诚、关心为怀。把知识教学、能力训练、性格培养、感情陶冶、个性发展交融在一起,汇成一股推动学生天天向上的影响力,使弱者变得坚强,懒惰者变得勤奋,不知者变得有知,无能者变得多能,这便是教学艺术。

"主讲"转成"主导",课堂发生了质变

作者认为,教和学是两回事。教的主体在老师,学的主体在学生。教学是因为学生有学习的需要才发生的,当学生答应自己要为自己的生命成长学习时,老师才会有用。老师不是教他,而是通过"导"来帮助学生发现自己。导的依据是确立教师不是为了自己,是为学生的学习建立知识体系当媒介,设立学习规则以确保大家可以一起一路体验往前走。老师就是助产士,帮助学生在要生孩子时如愿把孩子生下来。在这一过程中,教师关注怀孕和生产的每个环节,确保孕妇在前进的轨道上,必要时予以提醒、指导。为此教学方式有了大幅度的转变,由"主讲"转成"主导"。

主导的形态有两种,其一是教师主导:预习、课堂讨论、课堂笔记。课程启动时,为说明课程的立场、定位、目标、蓝图,为厘清执行策略及各项细节,谢锦老师采用主讲型,因为不用主讲,很难完成任务。课程滑行阶段,谢锦就采取教师主导型策略。

其二是学生主导,即"讲论"。当课程进入起飞阶段,谢锦采用小组讲论、讨论型策略;在高翔阶段,采用大组讲论、讨论型策略。学生成了学习的主体,课堂已经由学生主导。学生由竞争、各自奋战转变成联结合作,不但知识面因共同参与而丰富,眼界也会打开,心态会放宽变高,更会交到真正的朋友,生命变得更加绚烂多彩。这是课程最有特色、最关键的

设计，它变成了学生这一生共同的回忆。

阅读这本书，我们发现谢锦老师把语文课变成了一堂"生命成长训练课程"，提出了"做自己生命的主人，玩双赢的游戏"的重大课题，直指灵魂核心的教学与诘问，启发着无数学生。

《做自己是最深刻的反叛》
谢锦桂毓著
首都师范大学出版社
2011年9月出版

引导孩子找寻自己的路

《乖孩子的伤,最重》是台湾种籽学苑李雅卿老师和网友、学苑老师、家长及学生的书信集。在这本书里,作者传达了一种"将意志还给孩子,让孩子清楚思考,自主选择"的教育理念,告诉成人要相信孩子,做好成人分内的事,同时让孩子做孩子的事,使孩子从小到大都能保有自信和勇气,不断地去选择、尝试、应对和改变,并且因此发展出属于他自己的处世智慧,最终做自己命运的主人。

"我自然"是教育最高境界

教育是面对他人生命的艺术,学习是面对自己生命的艺术。自主学习,不是理论箴规,而是生活的态度:承认自己的局限,不试图宰制他人;反思既有的规则,不逃避内心的恐惧。而这些,都要等体认到发现与独立的喜悦、不依恃习惯和他人的安排时,才会真正明白。"我自然"是教育的最高境界,这也是为什么要自主学习的原因。

"真、善、美"是每个人毕生追求的目标,也是教育所追求的最高境界。但在物质化的世界,人们为了求"善"求"美",在时间、环境压力下,似乎开始渐渐失去了原有的"真"。自主学习,在现今的各种教育方式中,是最注重个人"真"的一种教育方式。因此,自主学习型学校往往是社会的"小众",这些学校的学生的动力完完全全来自自身内在的需求。

用自己的方式和速度来学习

传统学校教育老是以为所有学生是一样的,由学校提供相同的教材,教师用一样的方式,采用共同的进度,要求学生步调一致,一起学习。用一把尺子衡量所有学生,好学生、普通学生、坏学生泾渭分明。

现代心理学研究表明,孩子们认识世界的途径并不相同,有的孩子擅长语言沟通和思考,有的孩子除非亲手摸过或化为图像,否则难有感觉。现在盛行的多元智能理论,把人类了解世界的方式划分为至少七类:语言、数理逻辑分析、空间表征、音乐思维、动作技能、对他人的理解以及对自我的理解。而传统学校提供的"教学方式"总是偏重在语言和数理逻辑分析两方面。

种籽学苑一直有个心愿,希望提供一个机会和环境,让每位孩子都发现自己的"好",找到自己认知世界最有效的途径,然后用自己的方式和速度来学习。自主学习型学校最在意的不是升学而是孩子的清明自主,不是学科知识的贮藏而是孩子心灵的转变以及自我成长的芬芳。让孩子获得对成人的信心、建立和世界和好的可能,并且懂得"学习是对自己负责的事",这些才是"金不换"的东西,也就是自主学习型学校的办学效果。

当孩子们懂得"学习是对自己负责的事",成为学习的主人时,学科知识的获得还成问题吗?在种籽学苑,每个孩子都有权利用自己的速度选择最适合自己的方式来学习。老师只是帮助孩子或是提供学习机会的人。让孩子们明晰,你不是替老师或是父母来上学,你是为你自己上学。种籽学苑是孩子学习自我管理的学校,学校相信孩子如果明白事情背后的道理,就会自己约束自己,不会"故意让人不舒服",而不是因为怕大人的处罚才"不敢犯规"。

自主学习是一种生命的实践态度

诚实地了解自己的能力、个性、优点和弱点，接受自己的样子，并且在整个生命过程中自己做主，这是自主学习培养出来的能力。但现实中我们常常喜欢"乖孩子"，孩子们也力争去做大人眼中的"乖孩子"。

雅卿老师说："不论一个成人多么睿智，只要他还存有'要孩子乖'的想法，就是阻碍孩子独立思考、发展自我的刽子手。这不是说应该放任孩子、鼓励他们只关心自己的利益，而是说，我们都应该培养自己反省和思辨的能力，随时愿意和孩子讨论自己的行为准则和生命的价值观，而不是一味地强制和灌输。如此，成人才能重新检视自己的行事原则，孩子也才有合理而清明的成长机会。"

每个人的天赋不同，努力不同，环境不同，重要的是你是不是看重自己，好好过活。我们不能保证每个人都对我们好，但是你可以对自己好。一个看重自己的人，才会看重别人，也会和别人分享自己的看法和感觉，建立自己和他人、世界的亲密关系。

教育就是陪着孩子走一段学习成长的路

每个生命都是独一无二的。每个生命都得找到自己的路，长出自己的样子才行。教育就是陪着孩子走一段学习成长的路。在路上，师生之间不是"谁"适应"谁"，而是互动。师生之间是"亲之、誉之"，而不是"畏之、侮之"。

我们做父母的，做教师的，有幸陪孩子走一段路，千万不要越俎代庖才好。

我们用雅卿老师的方法来验证我们是否越俎代庖：

看看你的内心，有没有一个"理想孩子"的模型？学习成绩良好，会读书，健康活泼，聪慧过人，体贴温和，端厚机敏……可是只要你心里有这个"理想孩子"存在，你就不可能不用批评、比较、挑剔的眼光来看待自己的孩子，于是孩子也就知道"我是不好的"。那么无论你用怎样的沟通技巧，都无法建立孩子的自我概念，让他对自己产生信心。

请好好看看你身边的孩子：他是不是正努力成为你心中的理想孩子？当孩子在做这样的努力时，他就已经交出"自我审视"的机会，同时也丧失了他的自信和尊严。

学生自主学习，老师做什么？

教师要有开放的心灵，要能营造出愉快的学习环境，要鼓励学生去创造思考；要真心喜爱孩子，包容生命中任何晦暗，相信在友善支持的环境中，孩子自然会找到自己的兴趣、接受自己的本来面目；要愿意协助孩子寻求发展方向。这种根源于真实、自信所产生的爱和道德，才是使生命向上、向善的力量。

正是基于这样的理念，种籽学苑的老师们从来不刻意去讨好孩子，也不放弃自己的工作。保持自己心里的平静和生活的乐趣，并在自然的互动中，将这样的生命态度传给学生。

我们知道，教材教法的技巧和改变有作用上的局限，孩子学习的心才是决定他学习成效的关键因素。威胁、利诱和情境的催眠是我们有所不为的方式，那么我们只能激发孩子的向学之心，让孩子对每一门学科产生真正的爱。爱这门学科才是真正的爱，"亲其师，信其道"则次之，为考试而学更在次之。

教师对学科的爱就是自己具有学科方面的专长,甚至成为这方面的专家。教师要认真经营自己的课堂内容,让孩子得以同步感受学习之美,激发出他们自发探索的意愿。

传统教师把孩子扛在肩上,不管孩子的意愿和感觉,把成人认为重要的知识,用尽一切方式,灌到学生的身上。虽然他们把孩子的学习胃口搞坏,造成学生各种心理上的后遗症,可是从外表看来,他们才是认真的老师,因为他们"负责任"。

自主学习的老师比传统教师为难的地方就在这里。他们得知道自己的分寸,留下必要的空间,让孩子发现环境和自己的真实。因此,"明确的不做"常常比"忍心而为"更困难。

一个人面对教育的态度,其实就是他面对生命的态度。内心充满恐惧的人,不管多么努力,仍然无法相信别人。一个心中有爱的人,才能让人高飞。

读完这本书,我们知道好教师是这样的:不是他的教育理论比别人高超多少,不是他的教学方式比别人先进多少,关键在于他的眼中有学生,体悟到"人生而不同",始终用开放的心态对待每一个学习状况不同的孩子,让他们能在课堂中各得其所,获得学习的乐趣和成长的欢欣。

《乖孩子的伤,最重》

李雅卿著
首都师范大学出版社
2010年2月出版

大脑不是用来思考的

教育是天下最神圣的事业,但也是让人困惑的事业。学生不喜欢上学,原因何在?训练为何始终背负着恶名?困难学生的智能能改变吗?威林厄姆著的《为什么学生不喜欢上学?》从认知心理学角度做出了精彩的解读。

为什么学生不喜欢上学?

导致一个学生喜欢或不喜欢上学的原因会很多。从认知学的角度来看,其中一个重要的原因是学校能否持续地让学生体验到解决问题的那一种愉悦感、成就感。教师怎么做才能让每个学生都得到这样的感觉呢?

教师要确保学生所提出的问题能够解决,要意识到学生的认知能力限制,要解释待解决的问题,要考虑提出问题的时机,接受并应对学生间的差异,要学会改变课堂节奏。

解决问题能带给人们快乐,但问题的难度需要恰到好处。找到这个点不是件很容易的事。教师在课堂上的经验是最好的指导 —— 有用的就再用,没有用的弃之。

教师需要重新考虑鼓励方式

人生来就有好奇心,但我们不是天生的杰出的思想者;除非认知环境符合一定的要求,否则我们会尽可能地避免思考。这条原理告诉我们,为了让学生尽可能地获得思考成功后的愉悦感,教师需要重新考虑自己鼓励学生思考的方式。

"大脑不是用来思考的",这句话表明思考并不是大脑最拿手的。与看和动的能力相比,思考是缓慢的、费力的、不可靠的。在成功的思考中,一个关键的因素是长期记忆的信息的数量和质量,所以应该及时把它记录下来。生活中很多事情大多是靠记忆来完成的。解决问题会给人带来愉悦感,有了愉悦感人才会喜欢思考。

这一分析就给为什么多数学生不喜欢上学提供了一个答案。努力解决难度恰当的问题是有好处的,但是解决太简单或者太难的问题不会让人开心。对学生而言,选择性很小且又必须一直做有难度的问题,难怪他们不喜欢上学了。

题海战术真的有用吗?

在教育界,训练始终背负着恶名。批评者认为,教师让学生陷入题海战术,扼杀了学生内在的学习动力。也有人辩解说学生必须通过反复练习,学习常用的事实和技巧。认知科学认为,没有充分的练习,你不可能精通任何脑力活。

人的大脑工作记忆有个显著特点,那就是它的空间有限,这也恰恰是人类认知的基本瓶颈。如果你同时放入太多的东西或者比较它们的太多方面,你会失去正在思考的线索。尽管空间有限,我们还是可以通过一些窍门来"扩大"它的空间。比如压缩信息，通过合并使事实占用的空间变小，增加客观性知识，提高操纵信息的效率。还有，熟能生巧会使思考过程变得不假思索，这样的过程需要很少甚至不需要工作记忆空间。

作者通过研究告诉我们，练习不但能形成最基础的本领甚至达到精通，还会让思考过程变得省力，学得更多，让记忆更持久，增加知识迁移的概率。

但是，客观地说，重复练习太无聊！不过作者给我们提供了一些减弊增利的练习方法：要先确定该练习什么，然后是分散练习时间，在进阶环境中练习。

"慢热型"学生的智能是可以改变的

作者认为遗传和后天对智能都有影响，关键是如何看待，因为这关系到教师如何指导学生。如果说智能只受基因影响，对于智能低下的学生，我们做再多的努力也是白费力气。如果说智能与后天有关，这表明智能是可以改变的，我们可以提高智能。

作为教师，首先是让学生相信智能可以提高。教师更要坚信学生能够跟上班级进度，但也必须承认他们确实落后很多，要想跟上需要付出很大的努力。

如何帮助他们呢？要表扬学生，但要知道表扬什么。表扬的是学生的努力，在面对困难时的坚持不懈的精神或者是对作业负责的态度，而不是能力。

要告诉他们一分耕耘一分收获，没有任何人不经努力就会取得好成绩。要教会学生坦然接受失败，在课堂上要营造"失败并不可怕"的氛围。

迈克尔·乔丹曾说："我职业生涯中有9000多次投篮不中，我输过

300多场比赛,有26次我被期待投出决胜球,但我没有投进。我人生中一次又一次的失败是我成功的原因。"这说明,智能是可以改变的,我们通过改善环境可以提高智能。

《为什么学生不喜欢上学?》
[美]丹尼尔·T.威林厄姆著　赵萌译
江苏教育出版社
2010年5月出版

揭开家庭作业的迷思

如果把家庭作业比喻为皇帝的新装,那么《家庭作业的迷思》一书的作者——美国"进步教育运动"领军人物艾尔菲·科恩,就是那个敢于大声宣告皇帝没有穿衣服的儿童。这本书给人最大的启示是,教师要学会思考,要敢于挑战现状。

家庭作业就像一块巨大的石磨,挂在师生的脖子上

近年来一个惊人的趋势是,人们给越来越年幼的儿童留越来越多的家庭作业,就连幼儿园也学会了留作业。家庭作业几乎普遍存在于世界各地。对这个看似天经地义的事,很少有人进行仔细的思考。

我们常听到人们对家庭作业的抱怨:孩子们因对付过量的、冗长乏味的家庭作业而痛苦难熬。不但亲子相处的机会减少了,就连社交、户外娱乐、创意活动,甚至睡眠的时间都减少了,由此降低了孩子学习的兴趣和热情,阻隔了孩子思考和探索的欲望。

这些家庭作业带来的影响是相当普遍的。为什么这么多人看到家庭作业的负面影响,却继续忍耐,甚至维护家庭作业的存在呢?因为人们总是假设写家庭作业可以带来较高的学业成就以及提升诸如自律和责任感等美德,但艾尔菲·科恩在《家庭作业的迷思》一书中指出,目前还没有充分的证据可以支持这个论点，即使有支持的数据，也是相当微弱的。虽然学校以及社会都在谈论家庭作业，但都没有触及家庭作业的真相。

人们为什么仍然广泛地接受家庭作业？

作者通过探讨标准测验、优良教学法的局限、教育的本质和目的、我们对研究的态度，以及我们养育和看待孩子的方式等，提出了家庭作业存在的六个原因：忽视研究发现；不愿意对常规惯例和制度提出挑战性的质疑；对学习的本质产生根本的误解；在教育上强调竞争和"更严格的标准"；人们相信，学生们应该及早熟悉日后将遭遇的任何情况，以做好应对的准备；不信任儿童，以及不信任他们选择消磨时间的方式。

作者主张，任何家庭作业可能带来的益处都是既微小又不普遍的，只限于某个年龄层和某种（可疑的）评量方法。即使是证明家庭作业具有整体价值的研究，也不能证明更多的家庭作业或任何家庭作业对大多数学生有用。换句话说，没有任何研究足以让人们相信，在教学质量良好的课堂里，教师给予极少的家庭作业或者没有家庭作业，将导致学生学习效果不佳。

理智地对待家庭作业

阅读本书我们会发现，作者虽然对家庭作业进行批判反思，但并没有主张"禁止所有的家庭作业"，而是认为，除了教师有足够的理由相信指派作业可能使大多数学生受益，其他任何情况下都不应该有家庭作业。如果教师一定要给学生留家庭作业，那么一定要按照"提高学习质量和持续学习的欲望"等理念来设计。为此，作者为我们提出了一些可以改善大多数学校状况的具体想法。

家庭作业应该有助于增进家庭和学校之间的联结。作者为我们提出了适合给学生的三种作业：适合家庭的活动，如在厨房内进行一个实验；通常不会被想成是家庭作业的家庭活动，如与父母玩文字游戏、一起上网搜寻信息等形式更丰富更活泼的家庭活动；阅读自己选择的书籍，当学生可以自行选择，并且用自己的进度来阅读时，他们就会喜欢阅读、享受阅读，就会读得更多，就会成为好读者。

如果一定要留家庭作业，教师就必须自己设计，而不是布置教科书或教辅资料中准备好的练习题。富有个性化、多样化的，适合学生兴趣和能力的作业，比整个班级做同一种作业更有意义。此外，还应让父母参与家庭作业的设计，停止使用评分方法，对个别问题进行个别处理等。

当没有家庭作业横阻在前时，孩子们可以自由地做更多重要的、可激发他们思考的，以及他们有兴趣的事情。

《家庭作业的迷思》
[美]艾尔菲·科恩著 项慧龄译
首都师范大学出版社
2010年6月出版

教育让每一个生命精彩

《被压迫者教育学：意识的解放》《希望教育学：教学的解放》《自由教育学：人性的解放》是巴西教育家弗莱雷的教育三部曲。弗莱雷因希望每一个生命都活得精彩而提出被压迫者教育学；为把美好的信念种植在人们心中而呼吁希望教育学；因执着于美丽星空下每一个生命的跳动而鞭笞非人性的驯化教育。而自由教育学是弗莱雷毕生追求的梦想和教育目标，他希望教育之船能最终把人们载向理想的彼岸，从而使人们获得真正的解放与自由。

教育解放以解决师生之间的矛盾为起点，对话成为重要的教学过程，师生之间的关系不再是等级式的，而是水平式的

教育仍然承受着"讲解弊病"的折磨：老师事无巨细地讲解，学生则被动地接受、记忆和重复。这就是弗莱雷眼中的"银行储蓄式教育"，也就是我们常说的"灌输式教育"。

在"银行储蓄式教育"中，教师享有绝对的权威，高高在上，神圣不可侵犯，他们是教学活动的主体，是发号施令者，把思想观念"存入"学生大脑里，而学生只是知识的存储器。最容易被灌输的学生恰恰是优秀的学生，因为他们听话，不会拒绝做被动的客体，他们丢弃判断性思维，不断调

整自己,去适应老师所规定的模式。

这种教育利用家长式的行动机制来驯化学生,扼杀了学生的创造力和批判意识,培养出来的学生千人一面、万人同音,毫无个性可言。

"银行储蓄式教育"加剧了社会的不平等与不公正。它忽视了生命的存在,把人降格为"物",教育过程只是一种产品加工过程,人不仅被物化,同时也被异化了。当教育成为控制学生的工具,沦为纯技术的训练时,生命个体内在的无限潜能便被教育者忽视了。学生没有自己的思想,头脑里装的全是从书本和老师那儿学来的死知识,成为弗莱雷所说的"容器"。

针对这种状况,弗莱雷提出了解放教育,即提问式教育。他的目的就是要培养学生的批判意识,使他们认识现实、揭露现实并改造现实。

解放教育以解决师生之间的矛盾为起点。老师可以成为学生,学生也可以成为老师。对话成为重要的教学过程,教师与学生交流并同他们一起学习或再学习。师生之间的关系不再是等级式的,而是水平式的。

提问式教育以生活现实为起点,着重于"此时此地"。它要求学生能独立地做批判性思考,教师不能将自己的思想强加给他们。师生之间不是控制与被控制、压迫与被压迫的关系,而是平等民主的互惠式关系。在提问式教育中,教师的角色从知识的灌输者转向指导者和合作者,学生由被动的客体转向学习过程的主动参与者。

在此,弗莱雷向我们提出了新型的师生关系,认为教师的角色应该既是教育者又是受教育者,学生则既是受教育者又是教育者,两者之间教学相长。

要想驶向教育的彼岸,教师需要提高自己的德行,包括谦虚、爱心、果敢,以及能够妥善处理忍耐和急躁关系的智慧

弗莱雷把"真正的人性"作为解放教育的目的,把自由教育学当作教育的最高阶段。他希望自由教育学能够把真正的人性解放出来,让人能够自主地成为他想要成为的人,或是他该成为的人。而要实现自由,需要乘坐人性化的教育之船从此岸出发,扬起希望的风帆,驶向彼岸。

教师作为这艘船的掌舵者,不仅要学会尊重学生,还要提高自己的德行,才不至于使船偏离目标。

谦虚是教师首先应该做到的,这是师生共同学习的起点和基础。因为谦虚能使人真诚地去听别人说什么,会让平等的对话和沟通真正实现,进而避免偏听偏信、自我崇拜及傲慢无礼。谦虚的教师不仅要吸收学生身上的优点,吸取他们思想中的闪光点,还要能够包容他们暂时的"无知"和犯下的一些过失,引导他们不断超越自己。

爱心是教育的源泉,老师只有对学生和教育的过程充满了热爱,才会真正体会到教学的乐趣。这里的爱体现为宽容,宽容使我们尊重并学习与己不同的思想,宽容能将先进的教育理念转化成真正的教育实践。

果断也是教育者不可缺少的重要品质。一个连自己都不知道下一步该往哪个方向走的教师,怎能引导学生去抉择呢?

用智慧去处理忍耐与急躁之间的关系也是教师应力行的德行。单纯的忍耐或急躁都不利于学生的发展。如果教师只是一味地忍耐,很可能会导致对学生的纵容,从而破坏民主氛围,也会使学生无所事事,教学呈现松散、无序的状态。如果过于急躁,为行动而行动,对学生随便呵斥、缺乏尊重,同样也达不到教学目的。弗莱雷认为,真正的有效教学是把二者

巧妙地结合起来，使它们之间保持必要的张力。

对话教育就是要避免把学生"物化"和"工具化"，而是把他们看成一个实实在在的"人"——一个完整而不可分割的、成长变化着的"人"

对话是弗莱雷解放教育思想的核心。对话是人的生存方式，是生命的象征，是师生之间民主关系的标志，是使学生生命得到解放的关键。

处在工业化围城中的现代教育，本身也面临工具化、技术化的危险。在这种教育中，"学生被当作要加工的零件，受到教育的控制、操纵和灌输，学生在教育的流水线中被程式化和机器化，他们不再对新鲜事物感到惊奇，不再对日升日落的绚丽景象感到喜悦，不再有创造力和想象力。这种教育把知识的学习与人的精神建构分离开来，从而'销毁了儿童的有机生长'"。

对话教育就是要避免把学生"物化"，要把他们看成一个实实在在的"人"——一个成长变化着的"人"。对话教育就是要纠正当下教育的非人化，实现弗莱雷所说的人性化的教育。

对话教育体现在课程与教材方面。弗莱雷主张采取对话方式：行政人员与教师对话，专家与教师、学生对话，学校其他的人员也都要参与进来，目的是让教材的内容更加民主化、合理化。这对我们的新课程改革具有积极的启示意义，因为目前的课程和教材很少能够从学生当前的实际出发。

对话教育体现在教学上。在对话中不仅传递信息，还要尊重能够激发教育意义的所有言论。教育者的职责不是去窒息学生的好奇心，相反，当一个问题没有被阐明时，教师也不应该讥笑他们，而应帮助学生重新解释，使他们能够提出更具价值的问题。但这并不意味着所有的发言都应被不加批判地吸收,这里的批判伴随着聆听和反思,是指互相尊重的批判,而不是破坏性的批评。

对话教育体现在师生之间。在教学理论越来越走向对话与交往的时代,我们要改变师生之间"储蓄式"的关系,找回本真的"你——我"关系。这种"你——我"关系的核心是把教师和学生看成是真正意义上的"人",平等的"人"。

弗莱雷是第三世界教育领域里的一朵奇葩。他丰富深邃的思想引无数思想者和改革家竞折腰,他的教育实践为后人开辟了种种教育改革的可能性,他势不可当的坚定决心增加了多少教师的道德勇气与教学勇气。关注和挖掘弗莱雷的教育思想与有效的具体建议也许对我们新课程改革更有切实的指导意义。

《教育即解放:弗莱雷教育思想研究》

张琨著

福建教育出版社

2008年4月出版

硬教育是这样炼成的

世界上一流的国家必有一流的教育。美国成为当今世界强国且能长时间称霸世界,是因为他们有一套硬的培养"精英"的教育理念及做法。

江苏文艺出版社出版的旅美学者薛涌著述的合集《培养精英》,像铜镜一样反照中国教育:在教育全球化的竞争中我们已经落伍,再不奋起直追,输掉的可能不只是学生的未来。

薛涌之所以把书名定为"培养精英",是因为这样说更符合国人的习惯。其实,在美国没有培养精英的说法,只有"如何培养一个有成就的人、对社会做出积极贡献的人"。这个"人"要有责任感,在知识层面和社会层面都要有强烈的凝聚力。

美国教育之所以硬,是硬在教育理念。小布什当年在清华讲"大学不仅要培养技术人员,更要培养公民",正好道出了美国教育的精神。因为社会是由公民组成,而非由社会工程的"零件""螺丝钉"所构筑,所以教育不仅传授着知识,更孕育着一种源源不绝的人文资源。

教育理念先进来源于美国大学教育的独特性,它不仅传承了"注重培养学生的品格和社会技能,强调教师和学生个人间的交流,在形式上以寄宿本科生学院为大学主体"的来自英国的盎格鲁—撒克逊传统,又汲取了"注重知识的创造,研究院在大学中占重要地位"的德国的研究传统,而且还保留了自己的传统,即强调大学务实,服务社会,并要有市场竞争的企业精神。

英国著名哲学家、数学家罗素在威斯康星大学时曾经惊叹美国大学的务实精神:"当农民种的大头菜出了问题时,大学教授竟被派去对种植的失败进行科学调查!"

美国教育硬,硬在在全球争夺人才,不惜成本地把第一流学者抢到手,不管是教授还是学生。哈佛某些系的博士生,40%来自国外。美国吸引外国博士生的能力,超过了由发达国家组成的"经济合作与发展组织"所有其他成员国能力的总和。1998—2001年,有2/3在美国拿到博士学位的外国理工科学生表示希望留下。

美国大学坚持在全球范围招聘教授,在主要大学的新聘教授中,只有7%是由本校培养的。相比之下,法国的新聘教授有50%是本校培养的,在西班牙则是95%,基本是"近亲繁殖"。法国的学术界人士,只有2%是外国出生的!这种中世纪式的狭隘,进一步映衬出美国大学兼容并包的气魄。

美国教育硬,硬在大学追求的是让学生有一个"完整的大学生活"。美国大学生活绝非仅仅是课堂教学生活。教师除了要对学术做出贡献,还要和学生分享自己的生活经验。一句话,大学应该是一个使学生能够安居的"心灵的花园"。

这得益于寄宿学院制,师生共宿,教授和学生常常一对一地授课。这样,不同阶层的学生通过集中住宿,培养了共同的社会理想、公共责任、献身精神,增强了未来领袖之间的凝聚力。如今美国的寄宿学院制越来越强调多种族、多阶层的聚合。尽管受教育者的范围早已今非昔比、越来越多元化,寄宿制培养未来社会领袖的基本目标并没有改变。

反观我们,片面强调研究性大学,忽视寄宿学院制度,这对中国大学的发展有着极其有害的影响。当我们简单地模仿这样一个样板时,就会陷入片面耗资投入研究,置学生的教育于不顾的误区。或者一味培养专家,忽视了培养未来社会领袖的责任,使得我们没有足够的人才来应对中国历史上前所未有的巨变。

在高度的经济增长和前所未有的财富面前,我们的大学更应该把培养未来领袖的品格作为自己责无旁贷的使命。

美国教育硬,硬在有服务社会的实际行动。从上中小学起,美国就把孩子推到现实生活中锻炼。锻炼有两种方式,一是自己打工,二是做义工。前者培养孩子对自己的责任,后者培养孩子对社会的责任。

而特别要注意的是,让孩子打工绝不能仅从让孩子在经济上独立加以理解。中产阶层家庭及以上的孩子还是要自己打工挣零花钱。从在海滩上卖热狗、冷饮,到给人家看孩子,什么都干。

打工是孩子"事业"的第一步。打工激发了孩子的成功欲,教他们什么是艰难创业、怎么才能在竞争中获胜。在美国看见餐馆跑堂的,千万别看不起人家,说不定是盖茨这样的富翁的子弟,或者是未来的盖茨。这么打工出来,不管出身如何高贵,大学毕业也不会眼高手低。而我们的"海龟"、大学毕业生,难道不是就爱犯这样的毛病吗?

我们也搞社会实践,但大多是纸上谈兵,走过场、走形式,而义工更是一个被我们忽视的领域。美国的孩子,从中小学开始做义工。这不仅仅是一个观念的问题,更是教孩子怎么对别人、对社会有用的最好手段。义工经验丰富的孩子,更容易被大学录取。

其中的道理也很简单:一个人能不能成功,就决定于他或她对社会的贡献。那些小小年纪就已经对社会做出贡献的人，当然更知道以后如何为社会做贡献，成功的可能性也更大。这样的人，在毕业后不可能以一种怀才不遇的心态等着天上掉馅饼。

美国教育硬，硬在培养孩子的竞争力。经济全球化令美国人清醒地认识到，将来一切竞争都是全球性的，我们的孩子必须有全球的竞争力。于是，创造力、想象力、领导才能、人文价值、艺术品位等综合性素质，成为他们从小训练孩子的根本。

美国常青藤教育强调教育的对话性和讨论的方式，培养孩子的品格和社会能力，帮助他们吸收知识，并要求父母或老师尽可能把自己摆在和孩子或学生平等的位置上，通过提问、理解力、分析力、感受力和表达力自发地提高与孩子或学生的互动性。常青藤上课重视小型讨论班，即使上大课，也往往在正式授课之外把大班拆成几个小组上讨论课，由教授或研究生主持。这种教育是对话式的、互动式的，其功能不仅是传授一些死知识，还要发展学生提出问题、质疑、辩论、说服、论证等能力，这必须要教授在小班和学生面对面的互动中才能做到。

而我们的教育方式大多还是权威型的：讲究满堂灌、死记硬背，上课很少给学生留出提问和讨论的时间。

很多父母对孩子坚持权威型的教育，不和他们多交流，而是习惯于简单的指令，让他们上各种学习班或者跟着各种光盘学这学那。甚至许多事业很成功的父母因为事业太忙而无法陪伴孩子，让电视、电子游戏帮助自己照看孩子。

我们必须直面这个严峻的现实：在全球化的高等教育中，落后的教育将不再受欢迎，人们更愿意接受民主的教育。如果教育方式僵化落后，最好的学生、教授就会一走了之。

《培养精英》

薛涌著

江苏文艺出版社

2010年2月出版

中学教育要为学生的成长留白

中学教育不应将眼光局限在知识与能力两大要素上，还应着力于培养学生快乐、健康、自信的心态，以及勤于探索、敢于创新和不惧逆境等精神品质，这些对中学生的未来成长更重要也更有价值。

当下有人认为，中国太重视基础知识而忽略了能力培养，美国则太重视能力培养而忽略了基础知识。果真如此吗？国家的富强与科技的发达，与教育究竟是什么关系？中学教育仅仅就是知识与能力两大要素吗？当你细细读完魏嘉琪著的《美国中学是这样的》一书，会对美国中学有一个直观的认识，并对理想的中学教育有更深入的理解。

中学时代是学生定位人生、开始规划职业生涯的时期，中学教育应为学生提供探索世界的平台

美国中学教育讲究平等，而平等更多地意味着满足每名学生的不同要求。美国的学校会根据学生的个性特征给予适合的教育，帮助学生最大限度地发挥潜能。对那些具有某种天赋能力或者学习能力滞后的学生，学校也尽可能做到因材施教，使其学有所得、学有所用。

美国的中学主张开放式教学，除了必修、主修、选修课程，还有其他丰富的课程。为培养学生的科学兴趣、独立思考能力以及创新精神而开设的一些职业训练课深受学生喜爱。职业培训中心会提供洗车、泊车、扮演小丑、看护小孩等众多职业课供学生选择。以"领导能力"课为例,这门课旨在教会学生如何做义工,还训练学生的组织能力,如募捐、说服他人等。

此外,在美国的中学,受教育的机会不是一次两次,而是一生中的任何时间。被吉尼斯世界纪录大全列为全世界最年老的高中毕业生卫斯就在他93岁时终于取得了渴望已久的高中毕业证书。美国给每一名学生多种多样和多次走向成功的机会。

反思当下,我们从小到大、从家庭到学校,很少给予孩子们自主选择的机会,也很少教给他们选择的能力。从上学、上课、写作业、参加考试到选专业、找工作,孩子们一直在"被选择"。被选择的结果必然是竞争能力的退化,于是"啃老族"的出现也并非奇怪之事了。

把学生捆绑在分数的战车上,既不利于学生形成正确的人生观、价值观,更无助于其未来发展

近年来,国内的一些中学流行封闭式管理:学生不回家,不出门,远离家庭,也远离大自然,被"圈养"在学校里搞"精细化耕作"。而美国的许多中学常常是粗放型"经营",强调开放式教学,让学生走出课堂,到社会上学习。在教学中,学校也注重训练学生观察、思考、收集信息、使用材料的能力,从幼儿园就贯彻这样的教育理念。美国的中学生也有作业,但学生的作业不是统一的,而是因人而异。布置作业的目的是以学生的终身学习和主动发展为宗旨,着眼点不是教学生应该做什么、不应该做什么,而是让学生对自己的思维、品质、态度、行为不断反思,并能自觉地进行自我调整。而我国目前的中学教育恰恰过于强调考试的能力,忽略了思维能力的培养，教师大部分的精力都耗在了应试上。

美国教师在教学过程中注重学生的差异性，在同一门课的教学中注重多层次的诱导，很少有统一的考试。即使有考试，考试的目的也是分析应考者是否具备某方面的学习能力，而不是考核学生某一学科的知识水平。这和我们的教育理念不同，我们有周练、月考、期中考、期末考、统考、模拟考和高考，分数、成绩、业绩是我们最为关注的。

我们的考试像一座大山压在学生头上。有些学校用非人性的标语口号来督促学生拼命学习，如"生时何必多睡，死后自然长眠"。这样的标语是何等惊人，类似的标语口号常见于高三毕业班上。有很多学生考入大学后，竟然不知道大学究竟要干什么。残酷的竞争、窒息的排名、人为制造的废寝忘食，这些不符合学生身心发展的举措怎能让学生快乐学习？把学生捆绑在分数的战车上，不利于学生形成正确的人生观、价值观，更别谈对人生的定位、职业的规划。

"如果没有高考的压力，他们还会愿意学吗？"PISA 的创始人安德烈亚斯·施莱克尔针对中国教育现状如此发问，而我们有底气回答吗？

中学教育要为学生的成长留白，要使学生拥有持续学习的兴趣，真正着眼于学生步入社会所需要的能力

"孩子不背书对不对？"许多中国父母都会异口同声地说"不对"。在美国，背书是许多父母最反对的方法之一。美国学校教任何课程都不要求背书。英文一共才 26 个字母，若让中国幼儿园老师教，恨不能一天就让孩子背下来。美国幼儿园则不然，他们是变着法子，通过唱歌、看图等让儿童不知不觉地达到记忆的目的。美国的家长、老师、孩子总想避免把学校当作一个严肃的工作场所，总想把学习当成轻松愉快的游戏，在玩中学,在乐中学,在做中学。

美国内华达州曾发生一桩奇特的诉讼案:一位母亲仅仅因为自己3岁的女儿将一个圆读作"零",而把女儿所在的幼儿园告上了法庭。这位母亲认为她女儿的创造力和想象力受到了限制,幼儿园的教学活动妨碍了她女儿创造性思维的发展。案件以幼儿园败诉而结束。正如爱因斯坦所说:"想象力比知识更重要,因为知识只给出我们现在所知事物的定义,想象力使我们把目光投向可发现和创造的未来。"由此可见,美国文化对创造力极其推崇,美国人相信培养孩子的创造力、想象力比单纯传授知识更重要。

有人认为美国学生不背书,造成基础知识不牢固,拼读不准确,基本概念不清楚。从眼前看是这样,似乎是基础知识很差,但从美国获得诺贝尔奖的人数之多来看,美国基础教育的宽松可能为学生的成长留白,使学生拥有持续学习的兴趣,强化了他们探索和研究的能力。反观我们的基础教育,基础知识扎实,但过多的课业负担挤占了孩子们的时间,扼杀了终身学习的兴趣,结果是获取高分的学生很多,成才的少,注重实用的多,追求高尚的少。

中学教育要最大限度地挖掘每名学生的潜能,让学生成为独立自主、有个性、有自我认同感的个体

美国的中学生很喜欢说"我怎么怎么样",背后是很强的个人主义。但美国人所说的个人主义与我们所言的个人主义迥然有别。我们所言的个人主义大多和自私挂钩,只想自己不想别人,从自我出发。而美国文化所提倡的个人主义大多指独立思考、独立人格和独立应对各种麻烦的能力。这种独立意识的培养从学前教育一直贯穿到小学、中学、大学,是一种深刻的教育理念。

美国的中学生开朗活泼、自由奔放，但自由是有框架约束作为前提的。美国的中学生享受的自由是在纪律约束下的，学校鼓励学生张扬个性，但前提是尊重同学、尊敬老师，同时学会赏识别人，与同伴相互合作、相互配合。"个性"在美国人的词典里是这样的：你是独一无二的你，你要尽力为社区做贡献，让世界因为你的存在而更美好，这样你才可能成为有个性、独特的你。

美国学生嘴边还常挂着"我知道我能，所以我能"等语句，他们把自己看得很重，不委曲求全，不趋附他人。比如在剧场，市长来了少有人关注，但如果有一位残疾人坐着轮椅过来，会有好几个人同时站起来让座，或帮忙推一把，并且投以关怀、同情的目光。美国中学生就是在这种文化氛围中长大的。

21世纪是对话沟通、交流合作的时代，而对话沟通、交流合作的前提是相互了解。作者用原汁原味的全景纪实，揭开了美国科技发达、经济富庶、国力强大的原因所在——先进的教育制度。阅读此书还有助于我们较为准确地把握美国中学生及美国人的人生态度和价值观，有助于我们洞悉文化产生的土壤，更有助于反省我们自己。

《美国中学是这样的》

魏嘉琪著
黑龙江教育出版社
2011年9月出版

没有教科书,给孩子无限可能的澳洲教育

没有教科书,我们的教师还会上课吗?每每想到这个问题,都感觉这是不可思议的事。当读完李晓雯、许云杰著的《没有教科书:给孩子无限可能的澳洲教育》一书后,我惊叹:没有教科书的澳洲,教育更精彩!

在澳洲,没有全国统一的课程纲领,只有联邦政府确定的八大学习领域。各州政府的教育机构再根据这些学习领域,依照各州不同的需求、人文、社会情形编写各州的课程纲领。各州的学校再依据州政府编写的总纲,斟酌学校发展的方向与需求,编写学校所属的课程纲领。最后,教师再根据所属学校的纲领,设计自己所教科目的课程纲领。所以,澳洲的教育没有固定的教科书。

没有固定的教科书,在我们今天的中国,恐怕一部分教师就没法讲课了,而澳洲教育何以更精彩?因为在澳洲教师的视野里,世事洞明皆学问,"遍地是教材"的理念深入人心,大部分教师整合各种资源材料的能力很强。"教育即生活""以人为本,优质均衡""教育,是国家的未来"在澳洲不再是口号,而是融入日常教育的行动中了。

在澳洲,课程与生活紧密地结合在一起,教学模式不以教科书为主,从幼儿园一直到博士课程,普遍不用课本教学。上课前,教师必须针对课堂的主题广泛整合各种资源,编辑成上课的讲义。讲义可能是手写,可能

是电脑打字,也可能是从某一本教科书撷取下来的一个章节。教师或者在教室授课,与学生互动;或者把课程设计成一系列的活动,引导学生学习。在目前信息大爆炸的状态下,教学资源呈现出极为广泛的景象,或隐或显,采取怎样的内容完全由学校与教师的专业规划及创意而定,或者说完全看教师的思想深度和整合、开掘能力。

难能可贵的是,不只是教师能运用随手可得的生活资源设计教案,澳洲各个政府单位及民间组织,对于供应教师这些教学资源普遍都有正面的态度与观念。政府单位、博物馆、动物园、图书馆、体育馆等机构本身就有专人发掘教育方面的课程资料来提供给客户,与学校进行良好的互动与合作。教师在向这些组织索取教学资源时,也都能得到相当主动的回应。

因为不用教科书,教师所编撰的讲义内容需要跟上时代的变化,这样,社会上不断推陈出新的知识与瞬息万变的科技发展以及与生活紧密结合的各种新景象,才能随时进入课堂。每当一种新的科学技术或一则知识新闻出现时,立刻就会被教师引用到课堂里。如果单单使用教科书,资源远远不够,而且效率太低,速度太慢。教师如此整合环境、文化、科技等不同的素材来设计教学内容,让学生感到新鲜、时尚,贴近当下的社会和生活,这种做法非常值得我们借鉴。

在整合课程中,教师运用了不同的方法与多元的模式,引导学生们从兴趣出发,了解不同学科与学习领域的内容,让整个教学过程能更务实地贴近日常生活,当然也更合乎人性。这样整合教育,让学生在人生初级阶段,所接触的知识完全是一个"面",而不是一个"点"或"线"的残片碎屑。如此,学生们有机会面向各个学习领域,从中寻找到知识的脉络进行探索,从而能对我们的日常生活与社会环境和自然环境,有更多元与深入的了解。学生们不但学会了各种科目的基本知识与技能，还能将知识与技能自然地运用到日常生活之中。

读完此书我发现，并不是澳洲的教师不爱用教科书，而是如此整合建立的课程规划方式，让澳洲教师根本就没有办法只用一本教科书就从课程开头讲到结尾。规划要求澳洲的教师们必须仔细地思考，必须学会使用生活周边多样化的素材，将之整合成最适合学生的课程。

在澳洲的教改过程中，提升教师的专业能力，永远是放在首位的。

《没有教科书：给孩子无限可能的澳洲教育》
李晓雯、许云杰著
首都师范大学出版社
2011年4月出版

芬兰教育：我们可以学习什么

以孩子为中心，而不是以热衷目标的家长和学校的好恶为重，从更基本、更人性的角度思考孩子的可能需求，然后施予尊重孩子感受的教育，但绝非放纵、宠溺。教育的宗旨在于提供给每一个孩子均等的受教育机会，帮助每一个孩子找到最适合自己的位置，人尽其才。——台湾作家陈之华再出力作《成就每一个孩子——陈之华解码芬兰教育》解读芬兰教育。

陈之华曾在英、美等国居住多年，后游历欧、非 40 余国，旅居芬兰 6 年。从芬兰回到台北，刚上初一的大女儿 3 天的"学校生活"就令陈之华惊讶不已："考试、考试、再考试"充斥孩子的生活。与海外的养成教育形成的巨大反差让她对"教育的宗旨是什么""教育到底以什么为中心"等问题进行省思。

以"教之即得天下英才"的信心和胸襟，公平善待每个孩子

芬兰教育到底好在哪里？归根结底，在于芬兰教育者愿意花心思去了解每个孩子的差异，尊重孩子的差异；他们善于把高尔夫球运动里的"差点制度"运用到教育上，给孩子成功的机会。

差点理论的高明之处在于其"阶梯式"学习法。它让人人有希望，让

不同能力水平的"学子"都有被鼓励、赞扬、赢得荣誉的机会,同时与技术高强的人同场切磋,凭借不断努力而向上提升。教育,也该如此宽容、有弹性,尤其是在基础教育阶段。教育的基本功能与目的,正是协助不同孩子找出最适合的发展与学习模式,鼓励他们乐于持续向前走,以马拉松的跑法渐渐调整步伐。

陈之华提出,"适者生存,不适者淘汰"的丛林法则不适合基础教育。教育者不应只标榜成功为唯一象征,而应千方百计地把教育现场变成能给予千千万万个孩子发挥自我、发掘潜能的成长沃土。我们更可以试着跨越过往"得天下英才而教之"的框架,拥有"教之即得天下英才"的信心和胸襟,不再以僵化的管教和学习模式要求所有的孩子在单一化、标准化的体制里拼杀。

"唯有自己和自己竞争,才是最健康、最有意义、最为正确的学习方式!""只有让孩子自己学到,他们才会乐于继续学习……""给孩子成功的机会,才能真正启动他们对于学习的热忱与动力!"从对芬兰教育的观察和研究中,陈之华提出,教育成功的"秘诀"无他,就是"公平地善待每个孩子"。

教育现场能否被成功开拓,教师是关键

"要改善最后的教学成果,唯有先改善教导的方法!"陈之华在书中援引麦肯锡公司(全球知名的管理咨询公司)的一项研究结论来强调教师的核心作用。

在芬兰人心中,教师是学校发展新构想和教学自主的核心人物。独立自主、具有专业性、有个人见解、善于自我反思——芬兰教师所具有的特质是芬兰的师资培育体系造就的。

芬兰师资教育重大革新是在对自己"由上而下"教改的反思基础上进行的。教师有了"教学自主"和"尊严",教育现场才会形成最佳良性循环。也唯有这样的同步推动,才能持续吸引全国最好的学生加入教师的行列;经过更良好、更完善的师资招考与培训体系,优秀的教师队伍才能壮大。

芬兰教育的核心理念是将教师的使命订立在协助不同的学习者学得更好,而不是制造出更多不同程度上的学习者,形成强者恒强、弱者恒弱的现象。因此,最基础的师资培训正是促使未来教师们了解这项理念,以便在面对不同学习者的情况下,能够适时调配出可被弹性运用的教学方式,协助不同程度的学生建立、强化学习信心。对学习落后者,愈需投注更多的心力与资源去引导、教育。

"唯有建立良性循环的师资培育体系和自主专业的教师职业尊严,教学工作与成果才会被学生敬爱、被家长信赖、被社会推崇。"陈之华在书中说。

念书是为自己,一旦选择进入大学,更会认真念书,走的是自我形塑之路

芬兰教师从不将迈入青春期孩子的蜕变、换装、转变等,视为值得大惊小怪的事;他们既不会为此板起面孔训诫孩子一顿,更不会因此而轻忽孩子们在学业上应有的表现。"原来,青春岁月的自我装扮与追求学问的课业成绩,可以自然融合地双轨运行。不见得需要先压抑一个,再去成就另一个;或是先牺牲了一个,才能去专注于另一个。""念书考试与青春成长是双轨并行的人生跑道。"陈之华从自己女儿的成长中体悟到了芬兰教育的闪光点。

陈之华说，青春期是孩子学习探索自我、扮演自己、掌握自己的成长过程，孩子就在父母、师长与学校的宽容和关爱的成长空间里，从容学习如何发现自己的特质，逐渐体会出该如何发挥创意去塑造独一无二的自我。学生们在自我学习成长之后，深切了解到念书是为自己，一旦选择进入大学，更会认真念书，不会产生长年压抑后的"由你玩四年"的思想。

鼓励孩子亲近、喜爱知识，养成自己拿起书来乐在阅读的习惯

芬兰人的教育理念中强调"求知贵在养趣"，激励、鼓舞学生学习。他们深信，学习的最高境界在于让孩子体会到从全然不会到逐渐学会的过程。因为发现、领悟后而产生的衷心喜悦，才是驱使孩子乐于主动学习的原动力。

芬兰教育常常"小题大做"：当学生考试没考好，老师会反思是自己教得不够好，还是题目难度过高；当学生未能如期完成功课，老师会深入思考与了解事实的真相为何，是自己布置得太多，还是学生学得不够理想。

陈之华说，教育者应睁开心灵深处那双慈爱与悲悯的眼眸，从最基本、最贴近学生需要、符合人性的学习乐趣角度检视：教育到底能为孩子带来什么样的乐趣？教育到底能为你我的孩子，以及对这片土地的良善发展带来什么样的能力与机会？

《成就每一个孩子——陈之华解码芬兰教育》

陈之华著

首都师范大学出版社

2012年8月出版

定制个性化的教育并不遥远

纵观历史,农耕时期的教育主要为贵族、富人服务,并没有向大众普及。工业时期,学校教育大规模扩张,进入了大众化时代。学校教育虽然提高了知识普及的效率,却弱化了个性化。如何既能普及大众化教育又能进行个性化教育呢?我们不妨阅读英国维克托·迈尔-舍恩伯格和肯尼思·库克耶的力作《与大数据同行:学习和教育的未来》。作者用在教育中运用大数据技术的实例,给读者展示了大数据改变教育教学的美好前景和未来教育的理想形态。

从更全面、更精细的视角看待教育改革

大数据对社会生产和生活的影响,在教育以外的行业已经十分明显。可是,教育系统依然沿袭远古教育的范式,依靠教师个人的教学经验对课堂上学生的学习行为进行判断和制定教学决策。尽管如此,随着信息时代的来临,大数据正在也必然影响教育的各个方面,并将对学习方式、内容等产生深远的影响。大数据能告诉我们什么是最有效率的,并且揭示那些过去无从发现的谜题。大数据帮助我们以前所未有的视角判断什么可行、什么不可行;展示那些以前不可能观察到的学习层面,实现学生学业表现的提升;可以基于学生的需求定制个性化课程,促进理解并提高成

绩。大数据还会帮助教师确定最有效的教学方式,这非但不会剥夺他们的工作,反而会提高工作的效率和趣味性。

除此之外,大数据带给人的是思维方式的变化。一个人在看待整个世界以及世界中的所有事物时,要从物质事物转向交互作用,并把它看作一个收集和分析数据的平台。这种思维模式使教师和学校管理者尽其所能地测量、检测所有事物,以便发现为支持学生的进步在怎样的传导功能下做什么才最为有效。大数据也预示着我们对认识世界有了新的方式。过去我们相信自己发现因果关系的能力,如今必须意识到我们通过大数据看到的往往是相关关系。

总之,大数据给予我们更全面、更精细的视角来看待世界的复杂性和我们身处其中的位置。利用大数据,决策者得以在全面而坚实的经验基础上改善其决策的质量,从而使教育决策从意识形态的偏见中脱离出来。教育的性质将发生改变:学会如何去学习。

大数据会从根本上为教育带来巨大改变

大数据绝非是技术层面上的变革,它将从根本上改变教育。通过对个人学习情况信息的进一步收集和分析,并且基于特定的学生、教师和教室的具体需求来定制教材。它为学习带来了巨大改变:能够收集在过去既不现实也不可能集聚起来的反馈数据;可以实现迎合学生个体需求的,而不是为一组类似的学生定制的个性化学习;可以通过概率预测优化学习内容、学习时间和学习方式。

与大数据同行的学习意味着一种新的学习过程。对学生而言,他们是伴随着大数据在反馈中学习,知道自己何时需要加倍依赖于概念,知道何时需要继续往下学习。教师们知道如何让学生在每一天中平衡"温故"和"知新",且第一次有机会来检验假设,来比较方法,来了解(而不只是猜测)什么是有效的和什么是无效的。

在小数据时代,教师并不是总在收集正确的信息,即便是,其所收集的数量也远远不足;而且,收集的数据也没有得到有效的使用。在通过反馈进行评价时,教师对学生的学习表现进行打分,并要求他们对这一结果负责。然而教师却很少评价自己,更不会全面或大规模地对自己的教学进行评估,也从未衡量采用的教科书、测验和课堂讲解等教学内容与手段是否对学习有益。这种单向反馈针对的是学习的结果,而不是学习的过程。

大数据正在改变这一现状。运用大数据可以收集到过去无法获取的学习数据,并用于学习过程的处理;用新的方式组合数据,并成倍发挥其作用以提高学习理解和学业表现,同时分享给教师和管理者以改善教育系统。例如,使用电子教科书的优势。就阅读而言,人们重复阅读某个特定的段落,是因为其文笔优雅,还是晦涩难懂?这在过去无从得知。学生是否在特定段落的空白处做了笔记?为什么要做笔记?是否有些读者在文章结束前就放弃了阅读?如果是,放弃的位置在何处?这些问题能够揭示大量信息,但却难以把握,直到电子书的出现。

"一个尺寸适合一个人"的个性化教育正扑面而来

迄今为止,尽管教学形式发生了很大的改变,但从某个重要角度来看,仍然缺乏个性化的教学改革,学校在这方面几乎没有取得什么进展。学生们受到同样的对待,使用同样的教材,做同样的习题集。正规教育的运行仍然近似于工厂里的装配生产线:教材相当于可替换的零件;教学尽管在新颖性和教师的亲切度上倾注了最大的努力,但就其本质而言,对所有学生的处理都是一成不变的;教与学都参照统一标准,基于平均值,而不顾个人的喜好、特质或需求。工厂批量式教育迎合的是教师和系统的要求,而不是学生的利益。

运用大数据,完全可以根据个人喜好和需求定制个性化的教育,摆脱同质化的教育。"一个尺寸适合一个人"的个性化教育已经不是梦想了。个性化学习特征在于其动态性,学习内容可以随着数据的收集、分析和反馈加以改变与调整。如果一个学生对某个部分的学习存在困难,那么这个部分将会被纳入之后的习题集,以确保该学生有足够的练习机会。

作者用可汗学院的故事来说明,学校、班级、课本和课程是最重要的数据平台,是收集和分析数据的平台,数据分析成果可以用于教育的改良。这样,大数据时代的教与学必然会发生变化,这是前所未有的学习方式。当学习发生在数字环境之中时,大数据有能力将数据的生成与处理、利用分隔开来,在信息上与教育松绑,同时将学校和课本转化为数据平台,促进学习的改善。运用大数据,教师不再需要凭借主观判断选择最适合教学的书籍,大数据分析将指引他们选出最有效的、支持进一步完善和私人订制的教材。

运用大数据可以追踪每个学生答对答错的习题数量,以及他们每天用于作业的时间,等等。通过对反馈机制的扩展和改善来了解学生如何学习,而不是学习什么。利用数据,教师就可以处理那些在过去甚至都无法明确表达的问题:学生花费在他们答对的问题上的时间多,还是花费在答错的问题上的时间多?学生的学习,靠的是勤奋还是灵感?学生出错是因为没有理解教材内容,还是仅仅因为疲惫?

与大数据同行是有一定风险的

难能可贵的是作者用整整一章来说明大数据带来的后果:大数据教

育应用有潜在的危害，从由数据留存引发的忧虑，到新形式的编组制带来的问题；学生可能会成为量化评估的受害者，如仅仅因为表现出的倾向而非实际行动便遭到预防性的惩罚；对潜在后果和概率性结果的预测也有加大教育不平等的可能。

大数据依靠的是在线课程，但作者并没有夸大在线课程的作用，而是明确表明在线课程是革命性的，但它更有可能作为正式教育环境的补充，而不是替代。对此，比尔·盖茨说："要明智地运用技术。技术是对教师的重新部署，而不是要去取代他们。"

作者理性地告诉我们，当认识到大数据赋予我们发现世界的力量时，也必须意识到它的局限；在学习中，教师也要继续重视那些数据不能解释的事物：人类的智慧、独创性、创造力造就的理念，这是大数据分析无法预测的。

综览《与大数据同行：学习和教育的未来》，这是一本与时俱进、站在当今信息技术与教育变革前沿的力作，这是身处大数据时代的每一位教育工作者都需要阅读的一本关于未来教育发展的普及读物。

《与大数据同行：学习和教育的未来》
[英]维克托·迈尔-舍恩伯格、[英]肯尼思·库克耶著　赵中建、张燕南译
华东师范大学出版社
2015年1月出版

第二辑

阅读，发现教育妙招

乔布斯说："并不是每个人都需要种植自己的粮食，也不是每个人都需要做自己穿的衣服，我们说着别人发明的语言，使用别人发明的数学……我们一直在使用别人的成果。使用人类的已有经验和知识来进行发明创造是一件很了不起的事情。"用心阅读，你就会发现"立竿见影"的教育妙招，这无疑是教师发展的一条捷径。

用开放孕育出希望的种子

英国有历史悠久的夏山学校,美国有另类创新的瑟谷学校,德国有理念特殊、传布广大的华德福学校,而我国台湾有一所异于主流教育理念的全人学校。

"全人"位于苗栗卓兰海拔550米的大坪顶。在这里,春季油桐花开花落,夏天竹林摇曳生姿,秋季泡桐吐蕊芬芳,冬季山芙蓉露吐醇美。师生每每在山道经过,常与野兔相遇、竹鸡照面。夜赏星星,听虫鸣;昼观云海,看落日。与城市喧嚣相比,这里更能让人的心灵充分沉淀在桃源世界里。

此地没有围墙,没有校门,是名副其实的"开放式"学校。

去了解孩子为何这样看待世界,永远会比我们告诉他,这是个怎样的世界来得更有趣

全人学校重点发展学生面对社会不被同化的个人独特性,让孩子发展成为自由、独立思考且有行动力的人。从"全人"出去的小孩不是适应社会,而是创造社会,为此全人学校的教师都极富耐心和宽容,极富热情和创造力。

"老胡子"程校长率先垂范,他的教育妙招是互动。"三剑客"在农夫菜园里的恶作剧,惹得农夫上门告状。"老胡子"没有用学校常用的规则给学生处分,而是以平常心看待青少年犯错。他说:"哪个青少年不调皮捣蛋呢?恶作剧在学校总是免不了的,孩子不调皮那才奇怪,只是有时候调皮得让人伤脑筋。不过我认为青少年的创造力就在里面,这时候大人的引导就显得很重要了。"

"老胡子"的沉稳、开阔、接纳,让"三剑客"主动陈述事件的前因。他没有直接责备也没有用权威压制,而是让孩子在宽容与安全的气氛中还原真实情境并得以澄清真相。最后"三剑客"接受了学校自治会学生团代表的判决。

学生完不成功课而被"罚写",是最为普遍的现象。阿询写字不工整,歪歪斜斜,而且错别字连篇。作者圈出三十余个错字,规定他每个错字罚写一行,却遭到阿询激烈的反应。在和阿询的互动中,作者认识到,如果在学生有困难而又求助无门时,教师能够给学生热情的回应并和学生一起想办法,去解决问题,那么我们何必用压迫性的方式呢?一旦孩子意识到自己的责任,并从中取得成就,学习不就变成自由、主动的了吗?

师生互动让作者感悟到,传授知识不是教育上最重要的事,很多知识只要一翻书就可以获得,甚至上网就可以搜到。可我们经常忽略一些得细究或值得深思的问题:去了解孩子为何这样看待世界,永远会比我们告诉他,这是个怎样的世界来得更有趣。

教师真诚而平等地与孩子们相处,与孩子们做朋友,陪伴他们成长

在一般学校里,"师道尊严"总是有的,甚至于课业之外,教师亦难免自居指导者或辅导者的角色,对学生进行人格与感情教育。"全人"却是罕有的例外,"全人"教师真诚而平等地与孩子们相处,与孩子们做朋友,陪伴他们成长。教师经常像孩子一样,与学生玩在一起,相互追逐,相互调侃，相互逗趣。当学生心中有难以排解的情绪时，教师不过是默默聆听、心怀同情的朋友。作为学生的导师，教师更是尊重学生，尽量不说教，和学生一起想办法；导师的角色更倾向于放在启发的位置，而不是直接提供建议。作者李崇建用空椅法、冥想法、欣赏自己法，在帮助学生成长的同时也让自己跟着成长。

张天安开设"生命故事"课，把自己生命中的某一段或快乐或忧伤的经验，通过故事的方式讲出来，发现新的意义，建构出自己的新蓝图。在尊重和信任的规则下，说故事让我们有机会重新看待自我经历过的创伤或问题。在讲听的过程中，我们的视野开阔了，心灵释放了，生命丰富了。与"传道、授业、解惑"的传统威严教师相对照，不单是讲童年故事或生活故事，也跟你分享很多心事的老师不更像朋友吗？亦师亦友的老师更会让人铭记。

校长帮孩子送狗、小鸟去医院在全人学校是常事。大雄校长常说，他对孩子的宽容，来自孩子的纯真。孩子接受大人真正的宽容，会在心里埋下一颗种子。它也许很多年后才会发芽，长成枝叶茂密的大树。有时候家长会问："如果一直不发芽怎么办？"大雄饶有深意的答案是"等待"！

俗话说，言教不如身教，全人学校不但有身教，更有境教

教育学原理说："教学，要营造良好的情境……"我们再熟悉不过的孟母三迁，要的就是"境教"。"全人"体现境教味道最足的是开设大胆而美丽的户外教学课程。

"全人"的课程极为丰富，有电影和文学，还有陶艺、肢体、爵士乐、法文、摄影、美学，都是令人眼花缭乱的课程，但最特别的是全校一起登百岳的冒险课程。

"全人"是台湾第一个将登山纳入必修课程的学校。每年各有两次"户外教学"课程。一次是全校师生攀登百岳；另一次则是由学生规划行程，老师跟着学生进行一个礼拜的火车之旅、露宿之旅、外岛采风、海边游泳捕鱼等各式各样的户外旅行。

登山，是以大山为教室。对不愿意登山的孩子，大雄校长说："未来，生命真的会碰到很多痛苦与挫折，只有心灵内的美好东西才能与之平衡。登山有这样美好的经验去对抗，或许，这些东西的回馈不是立即的，是在十年后才发生效用，但是你要先种下种子，未来才会长出美好的东西。"

从创校第一年，全校师生每年登一座三千米的大山，持续了十年。最终，学校将登山冒险发展成"漂流美学"，目的是要孩子凝视徒步攀登的过程，以认真的心灵聆听外在的变化，进而搜索自己内心广阔的世界。

如果你来卓兰，有学生要搭车，很可能就是"全人"的学生。甚至，你可能看到青少年背着大背包，从台北走到台中、走在台东的海岸线、单车环岛，这些都是全人学生经常尝试的旅游。因为登山，他们变得独立，更有毅力，更懂得欣赏漂流的美，更懂得独处，更了解旅行的安全。

恢复孩子清澄的目光，让孩子重新发现世界，让生命重新启动

德国哲学家康德主张"人即目的，不是工具"。人是自然的儿女，是自然孕育、自然赋予的生命。但进入现代社会，人与自然却疏离，甚至对立，文明开始异化，甚至支配人类。

这时，人的自然能力会逐渐消失。因此，教育要回归自然，让学生能亲身经历自然的生活，真真实实地站在自然的土地上。借着与自然共处对话，滋养我们身体的整体感知能力，建立人与环境的内在联结，从而更好地吸收以主体经验为主轴的知识系统。

全人学校远离都市尘嚣。创办人希望创造一个丰富、多样、自在、轻松的成长环境,让学生在学习的过程中,能有亲近自然与土地的珍贵经验。

孩子在这个开放与包容的环境里,自由地探索世界,体验生命,欣赏音乐与艺术,从事文学与绘画创造,做哲学思辨,探索知识,搞乐团,攀岩,登高山……教师也同孩子们一起成长。

全人学校实现了学校环境与自然环境、社会环境的融洽、互动和开放。我们常说的诸如"生活即教育""教育要让每位孩子快乐而健康地成长""教育要让学生学做真人"等教育理念,在全人学校却是静悄悄地实现了。

全人虽小,却是一面镜子,映照出这个社会的问题,并促发一种集体的自我反省:我们社会如何按教育规律认真地对待自己的小孩?无忧无虑、自由自在,脱离成人世界监督的目光,自由地表达自己的想法和情感,自在地偷懒或尝试错误,这才是孩子的真正的童年生活。"全人"所做的正是创设包容与尊重的氛围,尝试恢复孩子清澄的目光,让孩子重新发现世界,让生命重新启动。

全人学校有个美好的愿景:在这里度过美丽的时光,在这里尝试错误、嬉闹搞怪、大哭大笑、彷徨困顿,然后在错误中学习,在困顿中成长。这里是孩子毕业后无数日子的梦乡,是一生永远的乡愁。

《没有围墙的学校——体制外的学习天空》

李崇建、甘耀明著

首都师范大学出版社

2010年3月出版

立竿见影的 101 条建议

《给教师的 101 条建议》看似是一本流行书,但当你读完后会欣喜地发现,它是一本为新老教师提供具有操作性建议的好书。认真阅读本书绝不亚于进行一次全面的职业培训。

不要放弃任何一个孩子

"不要放弃任何一个孩子"是作者教育理念最充分的体现。教育生活中,我们都有近乎绝望的时候,都有想放弃的念头。"不要放弃任何一个孩子"的教育理念会令我们下决心永不言败,不断鼓励自己坚持坚持再坚持。

为什么这样做?因为每个孩子都是独特的个体,都有尊严,都渴望来自老师的爱、欣赏和尊重;每个孩子的身上都有可以挖掘的优点,每个孩子都渴望成功;每个孩子都有权利拥有一位有能力、有同情心又胜任工作的老师。

找到每一个孩子被生活的保护罩所重重掩盖的内心之美,运用智慧去开发它,让每个孩子都能成功。

构建积极和谐的师生关系

既然我们都承认每个孩子都拥有独特的天赋、技巧、优点和梦想,那么教师在构建积极和谐的师生关系时首先要认识到的是,找出并赞美学生身上的与众不同之处。唯有如此,教师才不会用同一把尺子来衡量学生,得到教师尊重的学生自然会喜欢老师。

如何迅速取得学生的信任?微笑是获得学生信任的重要途径。开学第一天,教师最重要的事情是在教室门口对学生们微笑,亲切地向学生致以问候。向同学们介绍自己,谈学生们"热议"的话题,向学生们表达你对他们每个人都有美好的坚定的信念,与他们分享你对教育事业的热忱。

新课程理念下学生们需要的是启发,而不是灌输。当学生走出教室时,"手头"掌握了多少知识并不重要,重要的是他们"心中"有多少火花被点燃。仅此还不够,教师还要给学生添上努力不懈、刻苦钻研、热爱学习、完善自我的愿望的"柴火",让它熊熊燃烧起来。

教师不要和学生"角力"

课堂上不可能不出现问题,但如何解决却能体现教师的智慧。试想有哪个人愿意当众被批评?公开责骂毫无益处,只会导致学生的逆反情绪。因此,教师不妨采取"亲近"原则,走到犯错误的学生身边,俯下身子和他低声讲几句话,或是下课后远离其他同学,一对一交谈。你会发现,学生并不是那么"桀骜不驯",相反,乖巧听话得很。因为这样做,你尊重了他的隐私,维护了他的自尊。

一旦课堂上发生了冲突,教师们也不要和学生"角力",因为角力无助于解决问题,反而会火上浇油。优秀教师从来都不会和学生比试谁的力量更大,不会立刻对学生的挑衅做出反应,而是保持镇定,随即控制局面。如果批评教育的话,也要对事不对人。为了避免冲突,教师不要挑起学生的攻击欲。

从错误中学习和成长

英国作家戈德史密斯说:"我们最大的光荣并不在于永不跌倒,而在于每次跌倒后都能爬起来。"人无完人,即使是最好的老师也会犯错误。优秀老师之所以优秀,是因为自己犯了错误之后勇于承认并且会尽一切可能去改正,然后继续做该做的事。而不称职的老师则千方百计地掩饰错误,结果往往是越抹越黑,也因此失去了学生们的尊敬。当你讲错了什么内容,或是说了不该说的话无心伤害了一个孩子的感情时,一定要立即道歉,并及时改正。这样做,不但可以赢得同事、学生的尊敬,而且还可以教给学生这样一个道理:错误,如果处理得当,反倒会成为学习和成长的良机。

既然教师能够如此对待错误,为什么我们就不容许学生犯错误呢?学生的最大错误,是因为害怕失败而放弃尝试;教师的最大错误就是纵容这种错误。一个良好的学习环境,就是一个能让学生勇于尝试、不计后果的地方。

"好极了,你犯了一个错误,让我们来看看能从中学到什么。"希望老师能够这样对学生说。

《给教师的101条建议》
[美]安奈特·L.布鲁肖著　方雅婕译
中国青年出版社
2011年5月出版

成为好教师并不难

教育是一项育人的事业。如果教学缺乏热情、敷衍了事，不仅会产生职业倦怠，而且会使育人变成误人。有人将教师的职业倦怠比喻成肆虐的流感，精辟至极。病态中的教师何以成为好教师？找到病因，就要开出疗方。台湾作者林文虎在《好老师在这里》一书里，用教育叙事的方式告诉我们，只有缓解教师的职业倦怠，好教师才会出现，而成为好教师并非想象中那么困难。

打破因职业倦怠引起的恶性循环，教师首先要解放自己的心灵，鼓起勇气，用真心换真情。自己心中有阳光，才会用阳光般的心态去感知孩子们的心灵，眼里的"同一面孔"才会还原为千姿百态。教师用真心真情去面对学生，会看见孩子们的情绪变化，用自己的喜怒哀乐去感受孩子们的喜怒哀乐。师生之间一旦有了心灵感应，教育教学的良性循环就开始了。教师的一句问候、一句鼓励、一个握手、一个眼神，无不带着对孩子内心关怀的小小细节，都会令孩子幸福无比。

同时，教师要关注个体差异。班级授课，人数众多，个体之间存在较大的差异。如果把一个班级比作木桶，个体差异就是班级管理的难点。如何化难为易？"是郭靖的还给郭靖，是黄蓉的就给黄蓉"，林文虎用金庸武侠名著中的人物给我们启迪。了解学生，分清个性。愚钝的郭靖就让他学习"降龙十八掌",机巧的黄蓉就让她学变化多端的"打狗棒"。因"顺木之天",郭靖虽愚钝也能尽得精华,黄蓉虽机巧也能学得武功之精髓。如果反过来,让郭靖学"打狗棒",让黄蓉学"降龙十八掌",结果如何不言而明。

此外,要充分利用生生之间的教学相长。过去的"一帮一,一对红",眼前火热的"兵教兵",其精髓都来源于教学相长。书中的美惠老师为我们提供了成功案例。美惠老师接手一个新的班级,第一件事就是对学生的情况进行摸底,然后依据孩子的个性差异、学习潜能,对学生进行分组。这样的合作学习既可以促使优秀学生帮助其他孩子,也可以让优秀的孩子因教学相长变得更加卓越。

而一旦掌握了林文虎为我们提供的众多教育策略,成为一位学生喜欢的好教师还会那么难吗?

《好老师在这里》

林文虎著

首都师范大学出版社

2009 年 2 月出版

互动才是消除问题的钥匙

教育"问题学生"之所以成为难题,是因为我们没有耐心把"问题"真正厘清。如果能认真读一下万玮编著的《遭遇问题学生:问题学生的教育与转化技巧》,你也许会有种柳暗花明的感觉。

这本书介绍了"问题学生"的诊断及教育方法,并从学习、行为、心理与特殊四个方面对"问题学生"进行了分类探讨,每一种问题后面都设有典型案例、问题表现及原因分析、专家建议,最后给出教育"问题学生"的途径。

面对信息时代背景下的"问题学生",除了万玮所提供的策略,笔者认为教育"问题学生"不仅需要严、爱,更需要智慧的互动。如今,考试、成绩早已充塞教师的心,而关爱、宽容则逐渐在流失。忽视人性、挑毛病、严厉指责,甚至体罚的情况一直习惯性地在某些老师身上发生。老师们常用放大镜看学生的缺点和错误,然后用重复的指责让他们否定自己;常常忘记向学生展示这个世界温馨而美好的一面,也忘记引领他们和我们一起努力去追求。

教师要改变"问题学生",应先转变自己的观念。"问题学生"的问题再多,也属于孩子成长中的问题,犯错者不等于罪犯。"问题学生"的差,主要体现在他的学习状态、成长状态有偏差。你或许改变不了他的家庭状况,改变不了社会环境,但用我们的宽容、爱心、耐心、决心、智慧与学生互动,可以改变他的心灵。任何时候,只要一个人的生命状态改变了,他的人生就会完全不同。

互动,是人了解自己、了解他人和世界的最直接方式。一个人,正是在与世界、与社会、与他人的互动之中,了解到自己在世界中的位置,并最终认识自己的。

台湾苏明进老师常用的妙法是让学生先写反省单。目的是老师在处理偏差行为之前,孩子能自我厘清事情的始末、错误点,并写出解决及补救的方法。苏老师的反省单,没有任何格式,孩子必须用自己的纸,到教室后头去写。在确认孩子有了反省的诚意后,老师再与孩子沟通。这样做还有一个好处是避免了老师的情绪冲动。

反省单是老师提供给孩子的一种认知工具,也是老师与孩子互动的一种工具。在互动中老师要时时关注孩子的思想变化,说了什么并不重要,重要的是那当下觉醒的历程,这才是珍贵的、令人感动的。教孩子怎样反省自己的错误,远比老师处罚他还有教育意义。孩子知道自己错了,又学到如何处理的方法,偏差行为可及时获得改善。

其实,处罚常常是一种伤害。它只是一种权力行为,一种情绪行为,而不是教育行为。学校中的处罚应该是一种提醒,是一种专业的对治,是实时的教育行为,不是头疼医脚的情绪行为。对待"问题学生",我们慎用罚站、记过、退学等惩罚手段,因为惩罚并不会修正学生的偏差行为,要敢于给予学生犯错的空间,让学生在犯错中成长。毕竟,无论问题多严重的学生,只要找,你总会发现他的优点。每个人心中都有一颗善的种子,这颗善的种子随时随地会发芽。

阿P从小学到初中,对课业没兴趣,经常逃课,是班里的超级搞笑恶作剧大王,师生都头疼的主儿,但阿P有敏感的心灵。有一天,阿P经过学校附近的农舍,看到一只小狗被关在铁笼子里,他蹲在笼子前面和它对望了好久。那只狗隔着笼子舔着阿P的手,尾巴不停摇动,眼神纯真而孤单。阿P告诉"我":"那时候,不知道为什么,超想哭的,你知道吗?"阿P想打开笼子,放掉那只狗,"但是,那不是我的狗,你知道吗?如果放掉它,我会有罪恶感"。

台湾李崇建老师就是从"恶"中发现善,并抓住了这一闪的灵光,和阿P分享最喜欢的音乐、食物或者见闻,在分享过程中不断和孩子核对,和自己核对,不断觉察自己。在阿P有了正向发展的成就时,李崇建带他回溯过去,称赞他的学习。在心灵互动中,李崇建给阿P支持、责任,让他自己站起来,最终阿P走上了健康发展的路。

面对"问题学生"许多的恶作剧,如果能换个角度看,没准在非常规、非理性的行为中,我们会发现他们浓厚的创造力、想象力呢!

由是观之,一旦我们掌握了互动这把钥匙,打开"问题学生"的心锁还会那么难吗?

《遭遇问题学生:问题学生的教育与转化技巧》

万玮编著

中国轻工业出版社

2010年1月出版

点亮通往有效教学的"绿灯"

成功的教学意味着唤醒学生对学习的创造力、好奇心,而这需要有效的教学策略。《课堂教学"红绿灯":提高教学效果的9种技巧》通过中小学各科教学的58个真实课例,为我们提供了记忆、关联、运动、新奇、音调、情感、互动、戏剧和影像这九大教学策略。每一课例都介绍了针对这一主题的红灯式教学策略和绿灯式教学策略,鲜明的对比令教师看到那些不易觉察的教学失误或教学智慧。

台湾教育专家黄武雄认为,学校教育应做而且只应做这两件事:打开人的经验世界,发展人的抽象能力。孩子去上学,最主要的是学会与世界真正联结,而联结的方法恰恰是打开经验世界,让孩子通过生活与思维,使他原有的经验网络不断往外延伸。

在书中,作者不认为安静课堂中的教学效果最佳。学习过程不仅仅是学生听教师的讲解,还应有学生兴奋的讨论。教师应该在看似不吸引人的教学内容里,寻找并加入声音元素,吸引学生参与知识的生成。音乐可以被用作一个指示工具来示意一堂课的开始、过渡、庆祝或结束。把各种各样的声音作为教学中不可分割的一部分,不仅能增加学生的放松程度,还能帮助学生学习和记忆教学内容。

另外,心理学测试表明,大约在10到15分钟的讲课之后,学生会经历心理疲惫。心理疲惫会使学生注意力动摇、兴趣减少、笔记质量下降。为了防止心理疲惫,实施绿灯式教学策略的教师会隔一段时间就分配大脑休息时间,让学生与他们的同伴一起讨论新知识,从而使学习过程变得张弛有度,让学生成为更加积极、主动的学习者。

师生互动环节也可以加入新奇元素,如利用手工艺术品,创建与学生熟悉的现实生活场景非常吻合的课堂互动场景,以小组学习的形式进行教学。在生生互动中,学生的谈话也许偶尔会离开主题,这是自然而且正常的。当学生偏离主题而进入纯粹的聊天时,教师要做的是让他们结束讨论,把他们引回主题。

实施绿灯式教学策略的教师宁愿学生在课堂上的互动时刻离题讲话,也不愿让学生讲话成为课堂上一股连续不断且制造混乱的暗流。因为学生也是人,注意力水平有起有落,教师要尊重学生对互动的需求,并把它纳入课堂的教学策略。

其实,书中绿灯教学策略的要点只是为教师的教学提供了一个新起点,它更像导火索,激发教师去考虑其他更加灵活的教学方法。而教师一旦掌握了绿灯式教学的策略,那么课堂教学将取得意想不到的效果。

《课堂教学"红绿灯":提高教学效果的9种技巧》

[美]里奇·艾伦著　杨苗捷译

中国轻工业出版社

2010年11月出版

每一颗种子都能绽放美丽

"为一只蚂蚁引路,是一种行善。行善的根本宗旨,是要给被帮助的人找到一条光明、灿烂的道路,还要给其人格尊严。"读了王政忠的《老师,你会不会回来》,我觉得这番话正是对这位台湾"超人教师"的"教育行善"最好的注脚。

做一位直面现实的坚守者

荒烟蔓草,墓地围绕,垃圾堆满正门;六七个男生躺在磨石子地板上,一堆女生蹲在角门树下闲聊,蓬头垢面,涣散无神……看到这样的景象,王老师惊呼:"这是一所学校吗?"三个月的教学生活让他认清了现实:驽钝撒野、蛮横粗鲁、不想学习的学生,封闭保守、不想投入、没有热情的同事,凋敝荒芜、残缺老旧、没有未来的环境!

城乡差距为何如此巨大?有差距,这不是问题,真正的问题是有没有人去改变。

回忆自己的成长历程,王政忠老师说自己遇到了一位位引路人。小学时,刘志诚老师让他爱上了阅读,一个脱缰的野孩子变成一个喜欢《古文观止》的文明孩子;初中时,汤振发老师在他偶尔松懈时紧紧拉着他的手,严厉而真诚地告诉他,要为改变现在的贫苦而努力;高中时,教地理的陈淑香老师经常主动询问他的生活情况,并给予帮助,更在他复读的那一年给了他坚定而无所求的支持。

由此,王政忠感悟到,对一个学生而言,老师传授知识、对生活细节的引导与关心、对人生方向的启发与指点一样重要,更何况是这些缺乏甚至是没有家庭教育力量支持的弱势孩子。

这些引路人开启了王政忠的求知路,支援了王政忠的生活,坚定了王政忠对人生的梦想,更重要的是,他们让王政忠拥有了追求梦想的信念、实现梦想的能力。所以,刚刚入职的王政忠坚定地选择:不在爽文中学当一个过客,要做一位直面现实的坚守者,要当孩子们的引路人。

在时间里看见孩子们的成长

王政忠在书中告诉我们,在贫穷而封闭、落后而失依的乡村,教师首先要做的不是教学生知识,而是要花更多的时间让孩子们懂得先自重然后才能获得尊重,先自爱然后才能赢得珍爱。

王政忠从"整顿放学路队"着手,在生活中引导学生做有规矩的孩子。其实,有规矩不过就是有礼貌、有秩序、有样子、有分寸地走路、坐立、说话、吃饭而已。捏陶、打篮球、做荣誉积点卡、办学习护照、组织跳蚤市场……一路走来,王政忠且行且思:没有明确且强有力的后效增强机制,诸如此类的奖励制度或者说动机激发策略,是不会有用的。

当动机如微弱的火星,然后才会蹿出火苗、开始燃烧的时候,教师应该给孩子们什么呢?当然是生活态度和基本能力,即听得懂、说得出、读得会、写得来。语文抽背、阅读、写心得、规划文艺走廊、设定阅读计划等,王政忠且行且思:基本功是麻烦的、烦琐的,但练习基本功哪能怕麻烦、嫌烦琐?

所有对基本能力的坚持,都会在时间里看见成长。但是,教育培养的不能只是基本能力而已。当孩子们具有了基本能力之后,教育所进行的就是让孩子们拥有打开他想尝试打开的任何一扇窗的能力。王政忠对此深信不疑且践行之。

和学生一起快乐地到达目的地

建立什么样的师生关系,是每一位教师进入教学岗位之前必须思考的问题。王政忠有其独特的理解——他把自己比作一个"司机",把学生当作"乘客"。是按照规定的学习进度,油门一踩,头也不回地往前开,到了目的地,才发现乘客没上车,还是把学生学会学习当作目的,司机与乘客一起到达?回答很简单。但是,这需要坚持。

作为司机,能不能关注乘客是否都上了车?能不能想尽办法关照一下那些想逃离或者一路昏睡甚至装睡的乘客?能不能熟练地操控方向盘但还能考虑乘客的需求而变换着路线?能不能不嫌麻烦、耐心回答乘客的发问?可不可以让座椅尽量舒适,让空气尽量芬芳,让气氛尽量温馨?

答案依然简单。一位优秀的教师,他的教学进度总会因学生的需求而调整,教学策略会因学生的不同而变换。他乐于倾听学生的好奇发问,善于营造好的课堂氛围和环境,敏锐地发现学生的变化和需求——教师坚持应该坚持的,创造应该创造的。

学生就是一颗颗的种子,命运是风,让他们落地在这里,这是谁也无法选择的宿命,而每一颗种子都蕴藏着各自不同的能量,只要得到阳光、空气和水,再贫瘠的土地也可以让他们开花,开出自己的花。

教育是阳光,是空气,是水,是种子可以开花的关键因素。也许,教师并没有办法改变土地贫瘠的现状,却可以提供公平的机会。让每一颗种子都能绽放美丽,这是教师应该担当的使命!

《老师,你会不会回来》
王政忠著
首都师范大学出版社
2013年7月出版

做一个智慧的教育者

《下一秒,遇见 Super 老师》这本薄薄的小册子里面的故事,就像一个个鲜活的镜头,动人心弦,感人肺腑。我为老师对学生的用心而感动,为老师自己深深的反省而感动。

教育的奇妙就在于撒下好种子,它总会在学生心中悄悄成长。

历史课常常被当成"副科",不受学生重视,老师有时候也难有作为,但邹玫老师却能让学生们永远记住她。邹玫老师在竭尽心力传授知识的同时,还在传达"人的前半生在充实自己,后半生服务他人"的理念。对学生而言,学习人生智慧比学习知识更重要。

师生心与心的交流是教育应有的常态,但人与人之间总会有一把锁隔离着,邹玫老师掌握了开锁的金钥匙——"借卡片传情"。

"不要轻易地与'惰性'妥协,请成为时间的主人。不要让'等一等'成为口头禅,记着心动不如行动。愿新年心想事成,万事如意。——1993.1.19 献给三 13 的贺岁礼"。

邹玫老师送出的卡片不计其数。卡片的样式由制式的名片卡到自己设计的卡片,甚至扩大到书信。送卡片的时机也是精心选择。邹玫老师送给学生的话语就是撒下的好种子,它们已经在孩子心里发芽了。

一个转念会成为班级气氛转变的美好契机,正面思考的力量原来如此巨大。班级出现打架、欺负同学、上课跟老师顶嘴、各科作业迟交等严重状况,会让"老班"烦恼、焦虑与愤怒。"老班"除了好好教训还有何法?正在悲哀、苦思之际的马先忠老师突然瞄到要讲的课文——陈之藩的《谢天》。

"天"只是一个替代的概念,《谢天》强调的是对身旁的人、事、物的感谢。作为老师,怎样感谢与己朝夕相处的孩子呢?马老师认为这些顽皮的"小鬼"就是度化自己的"小菩萨",他们用各种方法来试探自己的爱心、耐心、用心。马老师设计了一张学习单——"我的祈祷文",期望孩子能以感恩虔诚的心,写下对上天的感谢,并且为身边的人祈祷,请上天祝福他们,保佑他们。更令孩子们感动的是,马老师言教身教并用,"小马老师的祈祷文"随着学习单一并发给了学生。

仔细阅读孩子们的祈祷文,马老师开始反思:以前常用放大镜来看学生的缺点,然后用重复的指责让他们麻痹、否定自己,一错再错。如今用温暖的阳光、爱、祝福引领孩子们努力追求温馨而美好的世界,感恩之心在孩子们心中扎根。

每个人都有一张心灵地图,总能在几近枯竭时找到活泉,在迷茫困惑时寻到方向。

夜已深,紊乱的思绪让施瑞昌老师难以入眠,白天发生的景象如在眼前:早自习时间已经过了十分钟,你才满头大汗地出现在办公室门口,我未加询问就立刻责备;朝会时,我漠视你的难过,立刻以严峻的眼光瞪着你;第一节上课铃声响后,你从服务部直奔过来,两手拿着面包和牛奶盒,我皱了眉头;我吆喝着你,大声指责你……直到放学,"老师,再见"那一声细弱的声音在耳际想起时,我才恍然发现,你不过是个十二三岁的孩子而已。

在寂静的夜里,施老师反复审视自己的行为,猛然发现:考试、成绩早已充塞整颗心,而关爱、宽容则逐渐流失。任教多年,忽视人性、挑毛病、严厉指责的情况一直习惯性地在身上发生,对学生狱卒般的管理方式取代了教育热忱。

如果把班级当作一个乐团,那么一位"Super"的导师就像一位顶尖的指挥家,他总是知道每一名孩子的性格与专长,然后将其放在最佳的位置,赋予其最适合演奏的乐器。而且他与孩子们的默契绝佳,常常只要一个眼神或手势,就能带领孩子们演奏出一首首或优美或激昂的成长乐章。

《下一秒,遇见Super老师》

Super老师著

首都师范大学出版社

2010年4月出版

点亮节日教育的天空

道德教育的资源无处不在,但需要用智慧的双眼去发现,用精彩的创意化无形为有形,用有趣、实用、便捷的案例和小妙招滋养学生的心灵并启迪教育者。近日,阅读山东省威海市塔山小学音乐教师王艳芳老师著的《小学节日活动创意设计与组织》一书,倍感亲切。她用鲜活的案例、突发奇想的小妙招和丰富的背景知识,为一线老师进行德育做了精彩的示范。

选择节日、纪念日进行德育并不新奇,但选择什么样的载体,用什么样的形式则突显出教育者智慧的高低和活动效果的优劣。知行合一的教育才是真正有效的。

全世界的纪念日、各民族的节日万万千千。这些节日、纪念日有着独特的节日内涵、历史渊源和美妙传说,蕴藏着宝贵的道德教育资源。这些资源像珍贵的珠贝一样,需要用红线串起。选择这根红线需要视野,需要扬弃,需要继承创新。

作者的可贵之处在于继承传统但不匍匐在传统脚下,旧瓶装新酒,赋予传统节日新的时代内涵,使民族文化薪火相传。同时,以开放的心态吸纳外来文化精华,培养孩子们国际化的视野和尊重理解多样文化的胸怀。比如书中第十一章《给爸爸妈妈特别的爱》就很明显地体现了这种理念。

母亲节源于古希腊,父亲节诞生在美国,它们是地道的外国节日,中华民族自古以来就有"滴水之恩,涌泉相报"的感恩情怀。作者为了让孩子们体会父母的关爱、理解父母的付出、懂得感恩,创新地开展了一系列活动。通过制作感恩卡、护蛋总动员等活动,孩子们学习换位思考,在深入人心的活动中丰富自己的情感世界,铭记"爱是双方的,爱是无私的"。

作者的可贵之处在于用长期的实践、执着的探索、深邃的思考和灵动的智慧来做事业。作为小学音乐教师,能够日复一日、年复一年,像蜜蜂一样勤劳工作,非良知不足以想到,非大毅力不足以胜任,非大智慧不足以完成。在尽了自己的职责之后,作者并没有止步于教学,而是在教学的同时担负起育人的重任。20多年,持之以恒的思考、研究、探索、实践,作者把真善美的种子播撒进孩子们幼小的心灵之中,给孩子们的人生大厦打下了坚实的基石。

作者的可贵之处还在于与时俱进。21世纪是开放的、创新的世纪,如果还一味固守,闭着眼睛捉麻雀,或是生吞活剥、全盘吸收,或者把节日活动搞得商业味道浓重,德育只能流于形式,流于说教,或是消化不良,或是给孩子们幼小的心灵染上铜臭气味。王艳芳老师是个视野开阔的人,是个善于"拿来"的人。她运用脑子,主动"拿来"。"种一株新年愿望树""放许愿瓶""快乐写作自助吧""'休眠'书淘宝交易会""我爱我家""校园吉尼斯欢乐嘉年华""装扮感恩树""护蛋总动员"等活动,都借助了网络、商业、影视等热词,对在快餐店、网络陪伴下长大的一代孩子而言,王老师的节日创意设计既贴近生活又高于生活,在活动中既能开阔视野又能收获情感财富。

阅读本书,常常被每章"知识拓展"的内容所打动,尤其是《春节暖洋洋》《清明时节雨纷纷》《老师,节日快乐》《中秋月最圆》《我运动我快乐》这些章节。"爆竹声中一岁除,春风送暖入屠苏""清明时节雨纷纷,路上行人欲断魂"……让孩子们了解我们民族这些盛大、热闹、重要的传统节日,意义何其重大!中华民族源远流长的历史、悠久宝贵的文化需要孩子们来传承、来创新。王老师从"横"的角度让孩子了解这些节日的历史知识,从"纵"的角度通过各种活动开掘节日的教育意义。纵横之间,孩子们的生命教育之树渐渐生根。

《小学节日活动创意设计与组织》

王艳芳著

中国轻工业出版社

2012年8月出版

通往优质教学之路

我们都向往优质教学,但它是否有规律可循?如何获得优质教学?这可能是萦绕在每一位教师头脑里的问题。一位拥有 30 年教学经验的资深教师维琪·吉尔在《优质教学的 11 条准则》一书中告诉我们,优质教学是有规律可循的。

拥有从教的强烈使命感,激发学生学习的渴望,展示并传递学习的快乐

在维琪·吉尔老师看来,教师群体是一个精英群体,他们能真正地改变世界。教师无法改变一切,但可以帮助学生思考人生;教师不可能在一瞬间改变成千上万人的想法,但可以在一个教室里影响学生。教师所扮演的是受人密切关注的榜样角色,行动比语言更能传达信息。事实上,教师承担着一种压倒一切的责任,因为任何看似平常的话语都可能在学生的生活脚本中留下印记。"谨言慎行"的意义就在于此。

"教育让活跃的人安静下来,也让安静的人活跃起来。"理念决定教学方法,糟糕的教师会花大量的时间尝试控制学生,或让学生感到课堂是如此令人厌烦。充满激情的教师则会创设安全的、令人兴奋的、真实的学习环境,即使错误和缺陷在课堂上也都可能成为有用的信息。如此,学生

在课堂上就会吸入新鲜空气,充满活力,课堂就会成为快乐的地方。

开展头脑风暴,确定目标,培养学生成为学习的主人翁

要成为一个有组织能力并对学生的成功负责的老师,就要学会形成头脑风暴。

想想运用哪些方式和步骤才能将学生吸引到你所设定的目标上去。确定一组最佳方法,将它们按照顺序融入教学单元,并设计出能促进学生掌握所需技能,达到预定目标的各种教学活动。当你展开头脑风暴时千万要记住,没有任何一种观点是愚蠢的或是无法实现的。要用开放的头脑去面对任何想法。要相信,你所面对的每一个教学目标,都可以设计出富有意义的、令学生兴奋且真实的教学活动来达到预定的效果。这样,在课堂上,你就可以通过各种教学活动让每个学生都有事可做,同时也让他们都能获得老师的关注。

作为教育者,我们犯的最大错误之一,就是有时将学生视为等待我们打开盖子灌入知识的空容器。即使现在的学生越来越难教,教师在教学中也不应该有借口。所以,在开学第一天教师就让学生选择目标,目的是让学生对自己在课堂上的表现负责任。一个有主人翁意识的学生在课堂上不是等着老师将其认为重要的学习内容灌输到自己的脑袋中,而是积极主动地学习。同样,教师也要在开学前确立自己的教学目标,不过在这之前要发现学生的学习需求。

保持公正,制定班级规则,并在问题发生前就做好准备

要想课堂秩序井然,必然要思考课堂控制权问题。谁来掌控课堂?谁来制定规则?课堂纪律是教师所面对的最大挑战,尤其是新教师首先要应对的问题。学生无意争夺课堂控制权，但希望有人来掌控班级，这个人必须与他们拥有共同的兴趣，并且是一个事先有规划的人。教师在制定班级规则时，应该以营造课堂秩序、提升学生学习体验为基础。

教学是与人打交道的工作，课堂也会有突然的事情发生。此时，教师就必须依靠常识迅速做出判断。每条规则总有例外，教师也要生成一种能够科学应对的本领。课堂需要制定一套规则来保证教学顺利进行。

学会选择"战场"、学会变通、学会争取，这样才可能获得成功

在书中，维琪·吉尔老师揭示了教师倦怠的一个主要原因，可能是因为他们过于关注自己所教的学科，而忘记了他们其实真正在教的是学生。要记住，学校里绝大部分学生都是通情达理的好孩子。教师从事的是与人打交道的职业，要想生存下来，就要学会变通。其中就包括学会变通来抓住并非每时每刻都可以发生的教育契机，来帮助那些需要帮助的学生，把那些预料之外的事情处理好。

教师的工作是需要创新的，需要主动的，很多事情是需要争取的，不能坐等天上掉馅饼。教师的工作与学校领导、同事、家长都有联系，与学生的联系更是紧密。如果你不主动出击，凡事靠坐等，你永远不会得到你所需要的东西。

《优质教学的11条准则》

[美]维琪·吉尔著　骆玮译
中国轻工业出版社
2010年2月出版

揭开经典作品的潜在之美

面对经典文本,语文教师需要用自己的全部智慧去做独特的领悟、探索和发现。但是,如何进入文本内部,揭示蕴藏在文字深处的审美价值和艺术奥秘呢?孙绍振先生在《名作细读:微观分析个案研究(修订版)》中,用微观分析法向广大语文教师示范了今天我们该如何解读经典文本,如何发现文本背后的意趣。

分析还原法首先要解决的问题是如何揭示矛盾,然后才是如何进行分析

庄子说:"一尺之棰,日取其半,万世不竭。"从方法论来说,分析的层次递进是无限的。只要是作品,无论多小,都可以分析。

许多语文教师把大量的时间花在作品分析上,而分析的有效性却令人质疑,原因在于当下流行的文学和语言学观念,远远落在当代文学理论和文学研究成就之后。分析的方法是错误的,从表面到表面,大多是平面滑行、印象和感想的泛滥。阐释结果不是从文本中分析出来的,而是从作者的阅读经验、优势记忆中溜出来的。

孙绍振认为,分析文本应该针对原本统一的对象,揭示其与外部的矛盾和差异。而分析作品的深层含义,就要从天衣无缝的作品中找出差异,

揭示矛盾,提出问题。没有矛盾,就不能提出问题,自然也就不能摆脱被动。一旦陷入被动则无话可说,只好把肤浅的赞叹当分析,这其实是对经典文本的亵渎。

花木兰是英勇善战的"英雄"吗?美国动画片《花木兰》和中国经典文本里的花木兰一样吗?如果没有对比分析,就会造成一种印象:两个形象是一样的。传统观念认为,英雄就是保家卫国会打仗的勇士。细究文本,《木兰辞》中只有"将军百战死,壮士十年归"这一句是写打仗的,其余是写参军之前的准备、行军、宿营和归来的欢乐。准确地说,花木兰是为家为国承担责任的女英雄、一个没有英雄感的平民英雄。

抓住文本的核心,就能一窥文章之妙。而要真正分析出深度来,还应从分析关键词入手。首先辨认隐藏在人物个性中的潜在词语,然后还原出它本来的、原生的、规范的意义,再把它和具体语境中的语义加以分析,找出矛盾,予以深入分析。同时,解读文本也要"去蔽",即去掉一般化的、现成的、空洞的概念,像剥笋壳一样,把文本中微妙的内涵揭示出来。《木兰辞》之所以成为经典,就是因为它重构了一种与传统不同的"英雄"的概念。

让人物心理"出轨",进入熔炉中锻炼,在冲突中人物心理就会显露出来

在日常语文教学中,小说分析通常都以情节、人物为中心,但孙绍振质疑这种流行的分析方法:只涉及情节的现象,没有揭示任何情节的内在规律。其实,许多当代小说的情节并不是开端、发展、高潮、结局这样环环紧扣的。环环紧扣的小说分析范式,长期束缚着教师的想象力。一旦离开了这种范式,就没有别的分析门路。

小说的核心是高潮或突转。至于开端、发展和结局倒不一定是十分重要的。尤其是19世纪后如契诃夫、莫泊桑的短篇小说，强调生活的横断面，结局往往是被省略的。突转体现在作品中就是人物情感和感知的饱和点。教师要学会欣赏小说艺术，应该抓住人物心理突转的临界点。对于突转，孙绍振有更为深刻的解读：对一个有意思的情节来说，最重要的并不是外部事件的突转，而是人物内心世界的变化。外部事件的突转，只能吸引读者一时，获得长久艺术魅力的还是人物内心情感的突转。阅读《最后一课》，一些读者会想到更为深广的心理奥秘：对某些自然享有的权利、感情，人们往往并不觉得可贵，倒是在失去的时候，才觉得无限珍贵起来。这就是内在情感得到充分表现的特殊效果。

孙绍振在分析文本的过程中，也间接道出了小说艺术的奥秘在于借助情节，把人物心理打出常轨。其实，著名作家大多倾向于在外部行为和内心活动的"错位"上做文章。不仅如此，作家们还让人物进入超越常轨的"第二环境"。而让人物越出常轨有两种，一种是进入非常规的现实境界，比如给人物换环境，这种做法最常用的就是把人送到异国荒岛上去，让人物感觉的层次、条件、情境、氛围逐步递增地显示给读者。另一种是进入非常规的虚幻世界。作者设置的虚幻世界往往带有假定性，把人的心理放在假定的熔炉中锻炼。假定性的境界多是超现实的梦境，在这方面最令人印象深刻的是卡夫卡的《变形记》——让普通的人变成一只大甲虫。但是，不管这熔炉多么怪诞，试验的结果——"人与人之间的疏离，小人物的孤独感"却完全是现实社会的反映。

用心灵镜头捕捉人物情感的着迷点,从多维角度透视出主人公的心理波澜

孙绍振在书中指出,分析人物应从人物的独特情感和理性之间的矛盾开始。情感有独特的逻辑性,不但作家不能任意左右,就连人物自身也不能随便改变。对小说家来说,最危险的事情是以理性逻辑代替情感逻辑。同样,对教师而言,以理性逻辑代替人物的情感逻辑亦是危险的。当学生用理性逻辑去苛责作品时,教师应该用情感逻辑来回应,而不是用"多元解读"来遮丑。

人物的情感逻辑是在分散的行为中表现出来的,神龙见首不见尾。正因如此,对一个缺乏经验的教师而言,是很难从作品中找出情感逻辑的内在逻辑的。其实,找到人物情感的独特逻辑,最起码的方法是从人物与人物之间的关系开始研究,在对比中人物个性就会鲜明起来。

在日常教学中,许多语文教师分析人物时,因在观念和方法上不讲究,故常在人物的外表、外部动作、经历上做文章。而外部的表现、经历乃至外部的特征都是肤浅的,充其量只能成为人物性格的某种外部特征,相对于内在逻辑是可有可无的。抓住潜在的心理错位,才能出彩。《西游记》中最富于艺术感染力的人物不是沙僧而是猪八戒就源于此。

作家为了把人物写活,常常把人物着迷的那一点加以强调。这个着迷点常常是很隐蔽的,但恰恰是人物情感逻辑的起点。我们若能把人物着迷点找到,就不难按其自身的逻辑把它推演出来。人物越是执迷不悟,越是生动。分析越是抓住这一点,就越可能深刻。鲁迅笔下的阿Q的着迷点就是对失败的麻木和对自己的欺骗。其执迷不悟的程度越是强烈,性格特征就越是鲜明。

抓住人物情感的着迷点，就是找到了人物性格的逻辑起点，有了这个起点，就可以高屋建瓴地构筑出人物性格的逻辑过程。除此之外，还要分析人物的感觉和知觉，即在着迷点作用下变异了的一系列感觉和知觉，以及和感觉知觉联系在一起的想象、行为、语言、回忆、动机等。分析不到这个层次，人物仍然是没有血肉的幽灵，学生仍然无从感知人物内心情感的变幻。

经典文本的历史性和青少年的经验产生距离，最根本的原因是教师缺乏教育经验

艺术性散文的生命是审美的，而审美的特点就是作者主观的、特有的、与众不同的感情。如果在这一点上含混不清，就失去了欣赏的前提。

阅读《背影》，中学生不满的理由是"父亲违反交通规则""形象又很不潇洒"。学生对作者感情的不理解，与他们缺乏物资极度匮乏的生活经验有关，但最根本的原因是学生缺乏审美素养，分不清审美价值和实用功利价值。面对学生的质疑，谁能从理论上来回答呢？

孙绍振在书中指出，实用价值是一种理性，主要讲理性的善恶，遵守交通规则是善，不遵守交通规则是恶。而审美价值则是以情感为核心的，情感丰富独特的叫作美，情感贫乏的叫作丑。情感的审美和实用价值并不成正比，有时，恰恰是成反比的。越是没有实用价值，越有情感的价值，反差越大，越是动人。

《背影》是抒情散文，并不是以实用价值动人，而是以情动人。父亲为儿子买橘子，从实用价值来说，完全是多余的。但是，父亲执着地要自己去，越是不顾交通规则，不考虑自己的安全，就越显示出对儿子的感情之深。父亲越是感觉不到自己的费劲、自己的笨拙，越是忘却了自己不雅观的姿态,越流露出心里只有儿子,没有自己的情感。

当学生把《背影》的精华当成糟粕的时候,教师的理论水平和具体问题具体分析能力就面临着严峻的挑战。这不仅是对教师美学观念的考验,也是对教师思想方法的考验。其实,真正读懂经典文本,并不是件很容易的事。要真正把文本解读得深刻,教师不但要有深厚的学养,还要有微观分析的硬功夫。

《名作细读:微观分析个案研究(修订版)》
孙绍振著
上海教育出版社
2009年6月出版

语文就是要教有用的

中学语文课应该怎样上？语文课要教给学生什么？语文课改的难点在哪？也许答案纷纭。以大学教授身份积极关注并致力于中学语文教学改革的徐江先生带领团队用教学实践来回答这些问题。令人欣喜的是他们把实践的结果形诸笔端，共同撰写了《中学语文这样上：徐江新解读与教学实践（初中版）》一书。该书从教者的责任意识、教学理念以及教学内容等方面以实例做出"应该怎样上"的回答，从"应该"的角度力图为大家进修、借鉴提供一个底本。

教学生用哲学的思辨意识去思考课文

"传生存之道，启思维之智"是徐江老师教学所希冀达到的目的，他这样希望，也是这样做的。教学生用哲学的思辨意识去思考课文，这是每一位语文教师都要认真思考并尽最大努力去完成的，其实质是培养自己精致的解读能力；否则，不但没有给学生援以"金手指"，而且给予的那条"鱼"也近乎是腐味的。

在书中，徐江老师用自己的教学实践给我们做了精彩的示范。用因果思维解读《爱莲说》。作者指出人们误读《爱莲说》，原因在于忽视了事物的存在方式。解读《爱莲说》，人们应该有这样的联系思维：莲"出污泥"——"濯清涟"——"不染",这是莲之存在方式,莲之为莲的基本特征就在于此,并非因为它是"花"。作者还告诉我们,这不仅是莲之生存方式,而且它的生存方式对人的生存有很大的启示,即生活在现实中的人难免要触(处)"淤泥",这并不可怕,只要接受"清涟"之"濯",就会"不染"。

用互联思维意识解读《安恩和奶牛》。实践证明,如果熟练地运用互联立论思维去认识问题,往往能够超越人们一般的肤浅认识,从而发出自己独特的声音。徐江老师解读《安恩和奶牛》,没有沿袭一般中学语文老师"用小说的方式读小说"这一解读习惯,而是把它当作一篇文章,要透过这个例子教学生认识蕴含于文中的生活真谛,从中吸取他们生存所需要的东西。徐江老师用因果关联和相互联系的方法,梳理文本中事情的结果,由果溯因,找到了安恩尴尬的原因:安恩老婆婆为了解决奶牛的孤独,让它"跟同类聚聚,散散心",把牛牵错了地方——去了市场。自己的规则只有在公众的规则之下才是合理的,要注意自己的行为动机与客观效果的统一,也就是要有智慧地做事。这就是徐江老师教给我们的生存所需要的东西。

记叙性文本解读要从摹状词开始

徐江老师把海德格尔的"语言是存在之家"理解为语文教师存在的"魂"。我们作为语文教师就是为这句话而存在的,我们的使命就是破解客观存在的事物如何在语言中存在,特别是文本中的事物如何在语言中存在。同时,在这样的破解过程中,让我们的学生学会再用语言为存在构筑家园,即用语言表述事物。

西方有位诗人说:"言词破碎处,无物存在。"这句话从另一个角度表明了言词和事物之间的关系。客观事物的存在,一是存在于大自然,不管人们认不认识它,它就存在着;一是存在语言中。人类发明语言文字,除了交流,就是用语言命名事物,用语言来认识、理解事物。所以,相对人对事物的认知,事物是在言词中、在语言中生成和存在的。鉴于事物和言词的这种关系,徐江老师提出"记叙性文本解读从摹状词开始",这是从文本解读的源头而提出的具有规定性的方法和原则,特别是可以作为基础教育的阅读教学。

徐江老师把文本中的摹状词极为形象生动地比喻为"文鳃"。在河中捞鱼,打鱼人把网拉到岸边,有的人上前用双手攥住一条大鱼,但鱼很滑且劲又大,它一扭动就会从人的手中滑落。打鱼人说:"把手指插进鱼鳃里去。卡住它,鱼就跑不了啦!"

"把手指插进鱼鳃里去",这是牢牢抓住鱼的好办法。这句话可以同语文解读挂起钩来,我们阅读文章要把"解读的目光"插进文章的"鳃"里去。事物的性质是靠摹状词表述的。可以说,记述事物的文章是靠摹状词"活"着的,是靠摹状词"呼吸"的,是靠摹状词传达事物"样相"的,摹状词就是文章的"鳃口",是进入文章内里的"隙窍"。以摹状词为切入口——从摹状词开始,是文本解读的一种基本方法。

徐江老师以《伟大的悲剧》解读为例,对此做了具体阐述。从与斯科特探险行动有关的摹状词"时间长度"来看"伟大",从摹状词"遗孀"来看伟大的襟怀与情感,从摹状词"信使"的感受与行动的矛盾来看伟大,从摹状词"鲁莽"看造成"悲剧"之"悲"。

特别是对"悲剧"的解读,真是别具一格。"伟大的悲剧"之"悲"不在于"失败",不在于"死亡",而是斯科特的"鲁莽"。他们有可能避免死难而没有避免,作者说"悲剧"有其隐意,即为他们的牺牲而惋惜、而叹息。徐江老师之所以这样说,是因为他在文中找到了两个常被人们忽视的信息,且作者用的手法很隐晦。徐江老师从"鲁莽"一词想到去追问斯科特的"鲁莽"表现在哪里,因而敏锐地抓住了阿蒙森营地的遗留痕迹,又由此与斯科特做比较,进而得出斯科特"全军覆没"之"悲"中有他们"鲁莽"的原因 —— 探险准备不足,行军速度慢,未能在暴风雪肆虐之前走出南极圈。

其实,这种方法并不是徐江老师的独创,从字句入手解读文本是最基本、最传统的读书方法,这只不过是徐江老师把很多人丢弃的方法找回来而已。

文本解读不要蜗居在"文本体式"里

当前语文教学的一个大问题就是语文研究中狭隘的语文理念对中学语文老师的忽悠,并阻碍着语文的课程改革。有老师说,"《幽径悲剧》教什么？我第一个考虑的是它的体式……散文抒发作者的思想情感有两种方式:直接陈述;隐藏在语气语调中。"这位教师解读《幽径悲剧》教学最终就落实在这两句话上,并且在教学过程中反复提醒学生 —— "请同学们记下来。边记边念,口里念念有词,记得牢一些"。这个课例就是文本解读局限在"文本体式"里的教学悲剧。

"文本体式"依据说作为语文课解读的理论依据,其原本的阐述是这样的 —— 文本解读要"以文本体式为依据确定教学内容",具体表现为"按照诗歌的方式阅读诗歌,按照小说的方式去阅读小说,按照文学的方式去阅读文学作品,等等"。对此,徐江老师不以为然,认为"文本体式"依据说不能成为确定教学内容的"依据",理由有二:一是做不到,二是没必要。

徐江老师不但从学理上批判，而且还亲自上课，用实践来检验。他从事件发生的时间、空间，事物存在的状态及作者自身对事件的感受引导学生做深入分析，分析学生所不能看出来的"幽径悲剧"的悲剧性，体会文本《幽径悲剧》中的悲剧味。

从空间角度写《幽径悲剧》的悲剧性：在有文化的地方发生摧残文化的事件，空间与事件矛盾。从时间角度写《幽径悲剧》的悲剧性：古藤在历经"文革"浩劫后的十几年又遭厄运，这段时间长度在诉说"文革"幽灵的顽固。从古藤存在的状态角度写《幽径悲剧》的悲剧性：它是燕园幽径上古藤界"文革"后的"鲁殿灵光"，任何唯一性的美好事物的消失意味着他类的灭绝。从"我"的心理感受角度写《幽径悲剧》的悲剧性："我"是一个"没出息的人"，虽然"我"有珍爱历史文化遗存的意识，但没有保护它的力量，只有"奈何"的呐喊，意识与能力之间的差距也是悲剧。

为此作者呼吁我们，少谈一些"散文的两栖性"吧！请不要固守"文本体式"这个浅"坑儿"了，在这里是挖不出多少清水的！

《中学语文这样上：徐江新解读与教学实践（初中版）》
徐江、董爱军、岳亚军主编
福建教育出版社
2013 年 4 月出版

第三辑

阅读,唤起内心觉醒

阅读,就是与最美风景一次次邂逅。在相遇中,我们会发现教师成长有路可循,有路可鉴,殊途同归。最核心的是唤起内心的深度觉醒,鼓起教学勇气,让生命自觉成为事业发展的内在力量。

孔子是伟大的教师

《孔子之路》是我从朋友那里借来的书。这本书是英国人乔纳森·朴赖斯著,陈东生、陈晨译的。

对中国人而言,孔子绝对是熟悉的,不过也许大多数人只熟记孔子之名和他的思想,真正践行孔子思想的少之又少。

孔子是公认的教师职业的鼻祖。他以"有教无类"的理念和行动开人类教育公平之先河,而他的"因材施教"理念又将教育规律最先呈现给人们。"非礼勿言,非礼勿动""不愤不启,不悱不发""学而不思则罔,思而不学则殆""举一反三"以及"六艺",告诉我们的则是德智体全面发展的教育方法。"当仁,不让于师"则是原则,体现的是德育为先。

两千五百年前,孔子就告诉了我们这些!然当下,为何人们还在苦苦进行教育和教学研究?为何还深感把握教育规律之迷茫?物质世界一日千里,教育的技术条件日益更新,但教育规律就像日月一样。人们为何视而不见?也许是物欲(追名逐利)蒙蔽了人的心,也许是威权干涉了人的心。

当下,遍观我们的课堂,孔子的先进教学方式几乎没有被传承下来,在分数面前,孔子的教学方法不管是主动还是被动都被抛弃了。课堂上,教师在读课本、讲课本,学生在被动地听、写、练。偶尔出现师生交谈的场面,简直是凤毛麟角。

今天到西方游学和留学的中国教师以及学生常常对西方老师鼓励同学之间、师生之间就有关问题展开讨论,而不是要求学生静静地坐在那里埋头读书感到惊奇和赞赏。他们还认为这是当代西方教育的"特色",其实不然,极具讽刺意味的是,这些学习方法就是孔子倡导的!

悲剧产生的原因,作者认为是唐宋时期兴起的科举制度,把教育体系的整个着力点转变为仅仅是通过考试。子曰:"诵《诗》三百,授之以政,不达;使于四方,不能专对。虽多,亦奚以为?"(《论语·子路》)很显然,孔子认为,学了就要会用,记、背不是为了显示你拥有了知识,真正的拥有是你能用知识解决问题。孔子多次批评死记硬背,但当下我们的应试法宝靠的就是死记硬背。因为中高考的试题充满着死的东西!

译者在《译后记》中说,《孔子之路》以外国人的视角和故事般的叙述为我们搭建了一座通过中华文化遗产和宝藏的"小桥"。在"言必称希腊"的当下,我们也看看外国人是怎样品味我国传统文明和文化优秀之处的。民族自信体现在何处?就是对自己老祖宗的精华认知并能践行。

研究孔子,还原孔子,需要研究《论语》,即使是司马迁的《史记》也会有美化孔子之处。研究孔子,还原孔子,决不能离开孔子所生活的时代。至于历代统治者的尊孔、批孔以及众多学者对孔子的研究,只能作为参考。带上各种印记的孔子绝非是真正的孔子了,也许早已成为各自的"钟馗"。

孔子的一生,是平民奋斗的一生,偶尔有过短暂的事业辉煌,但终其一生还是惨淡的。然而,孔子在死后却是荣耀万代。正如子贡所言:"仲尼不可毁也……仲尼,日月也,无得而逾焉。人虽欲自绝,其何伤于日月乎?"(《论语·子张》)

时代发展到今天,孔子已经不只是中国的孔子,是世界的孔子了。全世界都在研究、学习孔子。然中外对比的话,我们的研究虽大多在教育上,但还是把研究孔子当了论文的工具,文章是连篇累牍、汗牛充栋,课堂上却丝毫不见孔子教育思想的光辉。西方人研究孔子不仅仅在教育上,还从孔子身上发现新的思想。美国现代管理学之父彼得·德鲁克不仅复制了"知识就是力量"这句话,而且坦率地承认这种理念得益于孔子的启蒙,因此他大力倡导管理者要学习《论语》。在给商界巨子们的无数次演讲中,德鲁克宣扬了孔子的许多理念,并一再强调要关注和吸收这位古代管理学大师的忠告。德鲁克在著作中写道:"作为顾问,我最突出的能力就是因为无知而去请教问题。"

孔子作为管理者,常常强调一个优秀管理者的重要品质就在于善用专家。孔子的管理工作就是经营,就是保证企业按照正确的方向运行,具体工作交由职业团队去处理,而他尽可能不去过问细节。作为教育者,孔子教导人们怎样自我学习,然后把所学的知识运用到极致。弟子樊迟向孔子请教农业技术,孔子并没有充当"无所不知"的角色,而是让樊迟向老农学稼,向老圃学种蔬菜。

孔子还建议管理者"君子矜而不争,群而不党"。管理者应该公正,不仅要看被管理者怎么说,还要看他们的工作业绩。相对而言,管理者可能不喜欢某个人,但他却可能是难得的人才。一个优秀的管理者还必须具备其他品质,尤为重要的是善于承认错误,改善自己的工作方法。而拙劣的管理者则千方百计掩饰自己的错误以保持自己的权威。管理者与员工相处时应该宽松友善,但还应该保持一定的尊严和超脱以保证权威。

作为管理者,德鲁克还从孔子"名不正,则言不顺"系列观点中总结出现代公司最重要的管理要领。为政和管理的每一项工作都必须边界清楚，不能含混不清。边界意识在现代教育中日益重要。作为教育者，既不能推责，也不能随意揽责，否则后患无穷。

如果用一句话来描述，管理者最优秀的品质是什么呢？孔子不是用一句话，而是用了五个字：恭、宽、信、敏、惠。庄重，就不会受到侮慢；宽厚，就能获得众人拥护；守信，就能得到别人的信用；勤敏，就能取得成功；慈惠，就能更好地役使别人。

孔子就是孔子，任何篡改或断章取义或夹带私货的研究都不是真正对孔子的研究，这样的研究也必然随时代的前行而被人识破。孔子最真实的本色，本书作者认为就是伟大的教师。笔者亦赞也！

《孔子之路》

[英]乔纳森·朴赖斯著　陈东生、陈晨译

齐鲁书社

2012 年 9 月出版

生命自觉：深深扎根于那块叫作"中国文化"的土壤

在极其艰难的"千年未有之变局"中，中国教育为什么仍可以取得西方人见了也要肃然起敬的成就？在动荡不安的20世纪里，教育家们虽饱受沧桑之苦，为什么却从未背叛其使命？是什么造就了这样一批极具影响力的教育家？长期研究中国教育的国际知名专家许美德教授所著的《思想肖像：中国知名教育家的故事》给我们做出了精彩的诠释。

作者独辟蹊径，从叙事研究的角度对当代中国11位知名教育家一生的教育、生活、学术和领导的经历进行深入研究，结合他们个人的以及其所处大学的发展历程，勾画出近百年来中国教育复杂多变和丰富多彩的发展图景，精彩解读了在中国社会文化及其教育发展中这些知名教育家所呈现的中国教育发展取向和独特命运，为人们提供了一个独特而富有魅力的研究视角和领域。

家庭教育才是无微不至的素质教育

"家庭教育才是无微不至的素质教育"是作者通过描绘11位中国当代教育家的肖像呈现出的教育理念。家庭是社会的细胞，儿童成长的摇篮、最初的课堂，父母对子女教育的高度重视是子女成才的关键。

书中，11位教育家的经历各不相同，出生年代、家乡的地理位置以及家庭背景都不一样，但仍有一点相似之处，那就是父母对子女教育的关注。对子女的关注既体现在给子女们自由，子女们可以自己做出决定，自由寻找自己的发展道路，又体现在让子女们能够在自由与责任、独立与亲情之间达成平衡，能够平衡个人发展与家庭需要之间的关系。

杰出的女教育家鲁洁，出生在一个教授家庭，生活环境相对优越，成长在抗日战争和内战时期。鲁洁的父亲来自贫困家庭，年幼便成孤儿，但很幸运，上了教会小学和中学，后去法国"勤工俭学"，回国后又去美国哥伦比亚大学师从杜威。受父亲影响，鲁洁喜欢上了读书，对求知充满了渴望。除此之外，鲁洁觉得自己还从父亲那里学到了正直与诚实，并认为这些儒家价值观确实是做人的基本原则。鲁洁父母教育孩子的方式十分严格，但不失疼爱。虽然在尊敬长辈和家庭伦理等方面，他们保持着传统的儒家理念，但他们仍会给子女自由来安排自己的学习和事业，家庭充满着自由民主的氛围。

这一点与西方"凌驾于家庭、社会之上，超越家庭与社会责任"的自我实现不同。而"分裂、异化与孤独"无疑是西方过于突出个体而付出的代价。因此，作者认为这一点对西方世界来说或许很有价值。其实这对当今中国教育不更有教益吗？

"正是这种早期的学习经历教会了我怎样做人"

这本书，作者花费众多笔墨探究教育家们的中小学教育经历，从中发现父母及学校的教育是扎根于博大精深的传统文化沃土之上的。

年龄稍长的教育家既在传统的私塾学堂读书，也在现代学校求学；年龄稍轻的教育家,他们所接受的传统教育均是来自家庭或其他非正规的教育经历,其人生历程主要是受现代学校教育的影响。

在11位教育家中,中国高等教育研究的奠基人潘懋元最认可"私塾教育"对中国教育的贡献,他认为自己之所以喜爱文学,是源于旧式小学的经典学习打下的基础。

教学论和教育实验的开拓者李秉德反思,当初接受"父亲教他读'四书'和'五经'中的《书经》与《诗经》"这些传统教育是多么有价值,为日后接受从西方引进的新知识教育奠定了基础。

有远见的大学校长朱九思辉煌的一生灵感来自哪里?他的名字"九思"由他父亲取自《论语》。"九思"就是"九件需要认真思考的事"。朱九思清楚地记得首先要做到的两件事就是"倾听"与"悉心体察"。朱九思一开始就在私塾学习,在没有任何字句释义和内容探讨的情况下,熟读了儒家的四书典籍。他认为,学习经典的过程对他影响至深,因为古人的智慧储于思想中,可以作为日后的参考和反思。早期学习的儒家思想果真对他后来的发展产生了深远影响,用他的话讲,"正是这种早期的学习经历教会了我怎样做人"。

教育家的经历显示,知名教育家并不是一个被动的学习者,只知道一味顺从权威教师的教导,相反,他们每个人在与其教师交往的过程中,都有活跃表现,并且能够做出自己的评判。他们从没有禁锢自己的思考,而是根据自己的需要灵活进行取舍。不仅如此,我们还可以看出教育家们具有高度的自觉意识以及非凡的观察能力和记忆力。

教育家们早年的学习经历为我们提供了宝贵的资源,启迪我们:传统儒学能为我们应对新的教育挑战提供帮助,能让我们深刻认识到自身所处的环境,并让早年积累的儒学传统在将来的人生历程中派上用场。

为此作者结合西方教育,认为"自我的自觉品质及其保持一颗平常心的能力或许可以看成是中国教育留给全球社会的另一个重要教益"。

以"四书五经"为主要内容的核心课程为个体自学打下了坚实的基础

广为接受、流传时间长达千年甚至更久远的儒家教育模式的特征与不朽价值至今也未能被国人真正认识和准确把握。

百年来,国人常常把儒学批判为"因循守旧、腐朽僵化、死记硬背",认为儒学是现代化事业的主要障碍;常常"将自己家的一大笔遗产扔掉,然后跑到外面当乞丐"。一直致力于儒家哲学的教学与研究的哈佛教授杜维明则认为,儒家思想中"己所不欲,勿施于人"和"己欲立而立人"这两条黄金法则是走向文明对话的第一步。郝大维和安乐哲认为儒家是"在社会生活中逐渐明白最能实现自我的领域"。

现代西方学者狄百瑞更是认为,因循守旧、报效朝廷并非是儒学的本质,儒学究其本质而言乃是一种"为己之学";以"四书五经"为主要内容的核心课程为个体自学打下了坚实的基础,个体由此基础可以进入许多不同的专业领域,并从西方那里获取现代化事业不可或缺的新式科学知识。

书中描绘的11位教育家在早年求学的生涯中都不同程度地接触过儒家经典和儒家为学之道,他们历经磨难,却仍然坚守自己对教育的一片忠诚,并能做出卓越贡献,更能说明儒家文化的伟大价值。

这本书的作者长期致力于研究中国近现代教育变迁,在书中还以旁观者的身份公正地介绍了11位教育家对20世纪的中国教育的评判以及对教育本质的独到见解。其中隐含的"中国文化"情结更是表达了作者也像 11 位教育家那样坚信,无论遇到什么样的挑战,中国及中国教育都可以泰然面对,并能为世界和平与发展做出积极贡献。

《思想肖像:中国知名教育家的故事》

[加]许美德著　周勇等译

教育科学出版社

2008 年 6 月出版

自传研究方法：教育改革的内在力量

教育改革的一个重要任务，就是培养一大批拔尖创新人才，但正是在这个问题上，我们遇到了瓶颈。原因之一，就是缺少更多的教育家型的教师。成为教育家型的教师途径很多，但陈雨亭博士在《陈雨亭：教师研究中的自传研究方法》一书中为我们提供了一种独特的路径，即自传研究方法。在这本研究美国著名课程理论家威廉·派纳的自传研究方法的著作中，作者把自传研究方法与自我反思以及研究我国新课程改革后的教师专业发展状况结合起来。在作者的研究视野中，自传研究方法是一种生活态度，是一种心灵向内的过程，是一种通向真理的途径，是一种培养自己理智发展的手段，更是教育家成长过程中不可或缺的智慧。

克服荒诞感和恢复内部世界，发现真实声音

当代教育盛行目标模式。教育上的目标模式过分注重可测量的外部的东西，把人的注意力极大地转向了外部，严重地遮蔽了对内部世界的意识的关注。其危害就是人内部世界的荒芜带来的意义感的缺失，即哲学家所说的荒诞感。教师对教学产生恐惧，失去了教学勇气。教师忽视了教育情境的复杂性与差异性，最终有意或无意地沦落到功利的泥潭里且不能自拔。

究其根源,是教师受经验主义所推崇的定量研究方法的影响。定量研究最大的特征就是对控制的工具主义非常感兴趣,其方法是匿名化和标准化。其反映在教师思想中,就是教师对待教育理论的态度是想知道什么方法能起作用,什么方法拿来就能应用到课堂教学中。教师成为目标模式的奴隶,丧失了自我。

针对这种现象,派纳寻找解决办法。他从先验沉思、坐禅、禅宗、瑜伽等众多方法中寻找,但没有从中找到可以把注意力转向教育经验的情境中的方法。不过,派纳告诉我们,人们可以利用多种沉思方法的假设,以及精神分析和现象学的一些假设整合出一种不同的方法。于是,他从现象学中汲取"生活世界""悬置""本质还原"等理论,建立了自传的研究方法,用此来帮助个体发现自己的真实声音,发现个体经验的本质意义。用这种反思的方法来克服荒诞感和恢复内部世界,从而批判传统的经验主义研究方法。

打破恶性循环,建构自我和专业实践知识

通过观察,我们发现在教育研究中教师长期处于"优雅地服从"的位置上,教师只是研究者的理论、国家教育政策、教材教参的实施者,属于被动者,结果成为很多社会问题的"替罪羊"。社会一生病,教师就服药。当劳动者与知识经济社会中的劳动者素质有较大距离时,教师就被要求要进行"素质教育";当认识到在竞争中唯有创新才真正具有核心竞争力的时候,教师们就被要求进行创新教育。加之教师日常生活单调、循环往复,又缺乏进行研究的必要知识和内在动力,教师的自我实存被遮蔽,教学自我也被放逐,失去了批判性的眼光。

所以,佐藤学说:"对于教师的批判与期待愈是泛滥,教师自身就愈是对于这些话语里所充斥的对于教职的困惑,感到愤懑与绝望,乃至丧失了见证自身存在的话语,迷失了教师的自豪感与使命感;而教师们丧失了见证自身存在的话语,愈是沉默,对于教师的过分严酷的期待与多余时空论,便愈演愈烈,形成了恶性循环。"

为了打破这种恶性循环,把教师的教学自我重新找寻回来,派纳从精神分析中借鉴"自由联想""抗拒以及无意识""前意识和意识"等核心概念,把自传研究方法定义为一种注视主观视域的方法。用这种方法来思考正常的普通人在现代社会的心灵状况,特别是人的教育经验的状况:尽管我们承受着"底线"(考试分数)之困扰和"商业"思维教育模式的压迫,但我们在精神上决不能屈服。我们必须记住教育不是商业,它不能用考试分数来衡量。

作者在书中指出,我们要用自传研究方法挖掘人的教育经验中那些未被意识到、处于压抑状态的部分,解决教师研究中研究与自我分离的难题,重视自己的心灵生活,重建内在自信。只有这样,教师的反思才不仅仅停留在自身教学行为或教育教学知识和技术之上,而是对自己教学行为背后的信念和行为意义进行深刻的反思,真正地洞察教育行为在什么样的情况下才是有效的,什么样的行为表现能有助于扮演好教师的角色,重构教师自己的新的专业实践知识。只有这样,教师才会从个体的生活中认清自己的位置,发现自我的真实声音。这种行动就会成为发现变革世界的力量。有了变革力量,就能够把自己从社会角色中解放出来,发现和建构真实的自我,以便能够进行政治与文化批判。

根基于教师的日常生活,反思教育实践模式

在教育生活中,经常出现这样的困惑:理论与实践到底该是一种什么关系？教育理论一定能指导教育实践吗？特别是在教师培训中能否避免研究者与教师之间的冲突和相互抱怨？作者通过对自传研究的研究，为我们厘清了这些问题。

理论与实践各有自己的优势范围，彼此之间要保持距离，并非是降服关系、线性思路。我们不能把"理论要服务于实践"人为狭窄地理解为把理论直接应用于实践，或理解为理论工作者的任务就是为实践者直接服务，而实践者从理论工作者那里拿来某套现成的理论，就直接套用在自己的实践中，并且能马上见到实际的效果。

研究者的理论要根植于教师的日常生活，要基于对理论者所属群体中当下困境的思考，要明晰自己在言说谁的理论；要研究自己所赞成的理论和自己的生活之间的关系，把自己从被捕状态中解脱出来；努力研究理论所产生以及将要应用的情境。

作者透辟地指出，当我们觉得现行的教育实践模式存在重大问题时，就开始大规模地进行改革，改革的理念、目标、内容确定之后就开始大规模地培训教师，培训的方法是观念灌输式的"集体转型"，即所谓的给教师们换脑筋。事实上，集体同时转型几乎是不可能的。因为期待集体转型本身就是一种商业逻辑。它实行的是简单实用的原则。还有什么比邀请一个所谓的专家同时对几十人或几百人宣讲改革理念和策略更经济、更实用的吗？如果不同时采取其他方式，那么这种在机器大生产时代为培养掌握初级文化知识的劳动者而兴起的班级授课制式的培训方式就只适合培养层次较低的技工。

所以说，集体转型的前提是个体的转型。在某种意义上，个体转型是一个学习和反思的过程。这个过程其实就是一个自传研究的过程，通过回溯过去，展望未来，个体更清晰地明白了自己的现在。

纵观全书，作者介绍派纳，研究派纳，更具示范引领的是作者运用自己研究的成果对自己进行研究。作者在自传研究之路上孜孜以求自信人生，不断地拓展自我空间，实现自在发展。这何尝不是隐藏在书中的极佳案例呢！这是一本学术著作，虽说读起来很艰难，但如果能静下心来细细地读，读者一定会收获颇丰，受益匪浅。

《陈雨亭：教师研究中的自传研究方法》

陈雨亭 著
首都师范大学出版社
2012 年 9 月出版

阅读,与最美风景一次次地邂逅

上海市虹口区教育局的常生龙属于很难得的大宝石型读者。他不但在阅读中得到好处,还能写出读后感并发在博客上,把这个好处传播出去,让读者也受益。他博客两百多万的点击量就是最好的证明。

我第一次看常生龙的博客是在2009年11月21日。他的博客名字是pplong,我阅读的第一篇博文是《教育叙事:"上访"的故事》。我留下第一次评论是:"有的教师的行为,做出时丝毫不考虑后果。学生的厌学,我们教师也有责任啊。"收到第一条回复是:"是啊,有时不经意的一句话,就会给孩子带来很多的麻烦。"从此,我们经常互相光临博客,留言回复,成了没有见面的读书好博友。常生龙的每一篇读后感,我都是要读的,有的还收藏起来。

后来,收到源创图书李玲编辑寄来的常生龙著的《读书是教师最好的修行》。这是一本以"教育"为核心、以"教改、学校、课堂、学生"为关键词的读书评论精选集。

教育改变,学校就会改变

芬兰为何能在全球教育改革中获得巨大成功?作者从《芬兰道路:世界可以从芬兰教育改革中学到什么》中为我们提炼出芬兰教育成功之秘密。

芬兰在教育改革的过程中,坚持"见贤思齐",学习和借鉴他国教育改革成功的经验,但又不照搬照抄,而是依据自身的文化传统,选择了一条与世界各国教育改革运动完全不同的由底层而生、由上层掌舵的专业与民主之路。之所以最终取得了成功,是因为芬兰不推崇标准化的教育,而是突出量身定制的教育和学习;鼓励各地和各校自行构思达成国家教育目标的方式,为每一个孩子找到适合自己的最好的学习方式;不仅关注核心科目的学习,更关注人格、道德特质、创意、知识与技能的全方位发展,发展出深邃、广泛且平等的教学风格;没有统一的教学要求,鼓励以学校和教师为基础,协助寻找崭新的教育教学方法,鼓励教学领导与学习之中的冒险创新精神;尊重本土既有的教育政策,关注政策前后的连贯一致性;在教育体系中逐渐建立起责任与信任文化,看重教师和校长的专业能力,相信他们可以做出对学生最好的选择。

教育改变了,学校也改变了:教得愈少,学得愈多;考得愈少,学得愈多;愈是多元,愈显平等。

学校改变,课堂就会改变

孩子在没有进入学校之前,学习最为努力,成效也最为显著。进入学校后,本应变得更有智慧,可为何变笨?作者从约翰·霍特的《孩子为何失败》一书中找到了答案。

因为,学校课程给孩子带来了很大的学习压力,课堂教学给孩子制造了很多学习上的麻烦,作业测验给学生带来非常沉重的课业负担,教学管理让学生时常感到恐惧和胆怯。

要想让孩子更有智慧,喜欢学习,我们就要找寻真正的起点。

教师要谨慎判断自己工作的性质和价值。教师在课堂上要做的是不要让他们变笨;要呵护学生那份求学的心,满足那份求知的渴望;要最大限度地在思想、言语和行动上给孩子自由;要进一步激发学生求知的动力;要让学生明白,在课堂中学到的所有原则和法则,都是可以用现实生活来验证的。尽量让孩子来选择学习任务,而不是教师越俎代庖。如果学习任务是孩子自己选择的,他就会去承担相关责任。相信对每一个孩子来说,都有一扇成长的门在虚掩着,教师的任务就是要想方设法地找到这扇门,然后温柔地将它推开。

学校改变了,课堂就会改变了:孩子们认为学习是学生自己的事。

课堂改变,学生就会改变

孩子生来就是热爱学习的。但在成长的过程中,很多孩子并没有保持住自己早先那种求知若渴的学习精神,反而越来越不喜欢学习了。好不容易离开学校走上工作岗位之后,更是将学习置于脑后,有不少人整年都不会再去读一本书。是什么导致了这种学习热情的消退?作者从佐藤学的《静悄悄的革命——课堂改变,学校就会改变》中找到了根源。

教与学是由学生、教师、教材、学习环境四个要素构成的。教与学的四个要素并不是孤立存在着的,它们之间具有内在的、密切的联系。只强调其中的部分要素,而忽略了其他要素,都会导致教与学的过程出现问题。比如说特别强调学生学习的自主性,忽视了教师的指导,会导致自主学习流于形式;特别强调教师的主导作用,忽视了学生的主观能动性,会导致满堂灌的现象发生;只强调教材的权威性,忽视现实生活的意义,会导致理论脱离实际;只强调环境建设,忽视了人的能动作用,会导致目中无人的教育产生。

当各要素之间关系和谐的时候,学习就会自动发生,每一个学生的个性就能得到充分的尊重。

学习是从身心向他人敞开、接纳异质的未知的东西开始的。而让学生敞开身心的前提，是教室生活环境所构筑起来的基本的信赖关系。能触发与支持这一关系的人，就是教师。佐藤学认为，与学生息息相通是教师的基本功，息息相通在人际关系上比言语还要基本。在教室里，只需感受教师的身体和语言，就能大致知道其教学的成败。那些在竭力以自己的身体语言和情感去与学生的身体动作和起伏的情感共振的教师，其身边学习的学生是非常幸福的。

课堂改变了，学生也改变了：教师唤醒了孩子的内在力量，孩子们找回了向学之心。

正如作者在后记中所说："在阅读的过程中，我逐渐体会到读书的美妙。每当我在工作和生活中遇到难题的时候，总有一本书在那里等着我，给我启迪，让我豁然开朗。有时候会感慨自己的运气好，总能在关键时候读到对自己有帮助的书。其实这也不算运气，就像我们外出旅游希望看到最美的景色一样，只要愿意付诸行动，一般还是能够实现自己的心愿的。坚持不懈地阅读，就是与最美景致一次次的邂逅。"

重读这些作者从自己500多篇读后感中精选出来的文章，我更加发现作者本身就是"读书是教师最好的修行"的最佳践行者。

让我们都来读书吧，做一名真正的修行者！

《读书是教师最好的修行》

常生龙著

教育科学出版社

2015年10月出版

课堂不是教师自我展示的舞台

怎么上课,学生才会喜欢?这是每个教师都应认真思考的问题。教师学识渊博,教态亲切自然,学生喜欢;教师语言生动形象,幽默风趣,学生喜欢;教师思维缜密,环环相扣,学生喜欢;教师宽容尊重,民主和谐,学生喜欢。如果以学生之心观之,教师怎么上课,学生才会更喜欢呢?读完北京十一学校历史特级教师魏勇的力作《怎么上课,学生才喜欢》,你会得到意想不到的答案。

能够给学生惊喜的课,学生最喜欢。这个"惊喜",作者解释为,课堂会有出乎学生意料的,又能让学生感觉很有收获的一些东西,他可能想到了,但是他想的没有老师在课堂上所提供的东西那么深刻,于是他成长了,他变深刻了,对他来说有惊喜。还有一种情况,就是他压根就没想到,结果老师给了一个他前所未有的想法、观念,或者挖掘了他自己都没有意识到的一个想法、观念,而且这个想法和观念有相当的合理性和说服力。

惊喜的课有啥特点?课程具有一定的"侵略性",即让学生感到震撼;教学内容具有一定的颠覆性,即用不同的史料,从不同的角度对一些历史内容进行甄别;课堂对话具有一定的"侵略性",和学生对话,不断地让问题深入,一直到无路可逃。

在多年的教学生涯中,魏勇老师逐渐发现,想要学生喜欢听自己的课,自己就必须要从学生的经验出发来跟学生对话,即要在书本世界和学生的经验世界之间搭建一座桥梁,通过桥梁把历史与现实有机地联系起来,让学生充分理解历史,走进历史的天空。

笔者不禁联想到语文课上,很多学生对经典课文无动于衷。要想让学生对经典课文"有动于衷",显然,要在学生的生活和经典课文之间搭建一座桥梁。这个桥梁就是寻找学生的生活与经典课文的结合点。类似的感受会引起共鸣,学生就能够找到自己阅读经典课文的切入点,在老师的引领下,渐渐靠近文本,最终走进文本,读出自己的感悟。

无论是哪个学科,如果能借助"桥梁"把书本世界和学生的经验世界打通,那么,既能够激发学生的兴趣,又能让学生去自我探究,更重要的是,这样做才是真正地把教育教学当中的知识内化为学生的素养。

成为学生喜欢的课,必须是好课。但好课的标准也会"智者见智,仁者见仁"。以教者为中心的好课,往往展示的是教者的才华,理论上是以学生为中心,实际上还是以老师为核心。在精心设置的课堂上,作为配角的学生,感受最多的是老师的教态或口才,而不是思想和认识上的收获。以学生为中心的好课,是师生一块儿做的一次精神旅行或精神探险,体现的是以服务学生的成长为中心,一切为顺应学生的成长而设置。

为此,魏勇老师认为,以学生为中心的好课,具有一定的模糊性,具有一定的开放性,同时又是有边界的;好课应具有挑战性,具有批判性。

好课要有一定的模糊性。上课,教师必须预设,但不能精确到在哪个地方做什么表情,在哪个地方要停顿。我们要关注和学生对话时自然生成的一些话题,能够迅速捕捉到学生智慧的闪光点及出现的错误点,及时调整教学策略,促成思想的碰撞,达到认知的升华。

好课要有一定的开放性。师生都要随时准备接受他人合理的观点,修正、完善对问题的认识;能够打破学科界限,让学科之间相互渗透、自然融合。

好课具有挑战性。课堂的挑战性来自具有挑战性的好问题。例如,讨论对鸦片战争的评价及其影响时,用两个相冲突的评价观点让学生来讨论就比直接问"鸦片战争对中国近代史究竟产生了什么影响"具有挑战性。具有冲突性的问题,能够让学生感觉到无法轻易地做出明确的判断,在这种情形下,学生就会倾向于深入地去挖掘、了解历史。这样,课堂气氛就容易活跃起来。

好课要有批判性思维。通过自己主动的思考,对所学知识或信息的真实性、精确性、过程、理论、背景、论据等进行个人的判断,从而对做什么和相信什么做出合理的决策。这是一种思维认知过程。

好课需要好教师。成为好教师,首先要重新定义教师角色。信息时代,教师不仅仅是传道、授业、解惑者,还应是策划学习的主持人。教师必须改变过去"独霸知识""独霸课堂",扮演领航员及舵手的角色,更大程度地转为像电视台节目主持人那样的角色。通过策划学习活动,把自己所掌握的社区资源、网络资源、图书资源、学生自己的资源等学习资源整合在一起,让学生通过各种方式,尤其是顺应学生自己的好奇心和天性的方式高效率地来学习。

成为好教师,要以真实的自我跟学生相处。打破在学生面前"完美无缺"的角色,用真实的心灵、真实的面目和学生相处。

成为好教师,要有好的个性。作者认为,总有想与众不同的冲动,就是教师的个性。有个性的老师,对待一个文本时,不仅仅是看别人怎么教,更要考虑怎样能够避免雷同,怎样能够挖掘出别人挖掘不出来的一些东西,怎样发现别人没有发现的东西,延伸别人没有延伸过的领域。如果我们总能这样考虑、备课，那么课就容易出彩，就容易给学生带来惊喜。如果你总是接受平庸，你就不可能成为有个性的好老师。

成为好教师，要选择与自己天性一致的教学方式。我们在学习他人的教学方式时，要先对自己的天性和特点进行一下评估，然后在学习别人好的教学方式和教育思想的时候，要尽可能学习其中能够与自己的天性和谐共生的那部分，与自己天性违背的东西再好，也只能作为一个参考。当你选择了与自己天性相合的教育方式时，做起来自然就会游刃有余，就会把自己的特点发挥到极致。把自己的特点发挥到极致，才可能会是一位非常有魅力的老师，学生才会喜欢。

成为好教师，要设计出好问题。好问题是一堂课成功的关键，好问题能够极大地激发学生的好奇心，使课堂真正地走进学生的内心。如何设计出好问题呢？书中作者为我们提供了设计好问题的策略及精彩案例。仔细阅读，你会受益匪浅。

《怎么上课，学生才喜欢》

魏勇 著

中国人民大学出版社

2016年4月出版

教师成长永远在路上

当终身学习理念日益深入人心的时候,教师必然要做早行人,像指南针引领学习的方向,像火炬照亮思想的天空,像星星之火燃烧知识的田野。这些也恰恰是教师专业成长不可或缺的重要元素。理固宜然,如何成长却是令人思考的问题。虽说条条大路通罗马,但要走出自己的路来,不借鉴不行,自己不闯更不行,唯有知行合一。阅读刘波的著作《教师成长力修炼》,至少可以给我们启发,给我们提供一种可操作的成长路线图。

真正把阅读作为自己的生活方式

著名特级教师钱梦龙说:"老师自己爱读书,会读书,才有可能教出爱读书、会读书的学生。"爱上阅读可不是语文教师的事,一个人具有良好的阅读习惯,也就具备了终身学习的能力。刘波老师是心理学教师,但他是"痴爱读书"的书虫。从他的系列专著《从新手到研究型教师》《教师阅读力》和《教师成长力修炼》中可以清晰地窥见一位青年教师专业成长的轨迹。他用大量的篇幅接力似的向读者阐明阅读是教师专业成长的基石。其本人也是通过阅读获得成长的极佳案例。

一个真正的阅读者是清醒的。面对一些"大腕"所倡导的"非经典不读""要读就读经典"的阅读"准则",作为阅读推广人的刘波并没有随波逐流,而是理性思之。他说,教师固然要读一些经典,但是眼中不能只有经典;要从自己的专业和学科出发,结合自己的兴趣,选择性地精选并有针对性地精读;阅读经典需要耐心,需要循序渐进,心中有经典,又不唯经典;既要读历史经典,也要读时代创造的新书;在阅读中,谋划好阅读地图,优化阅读结构,把阅读作为自己的一种生活方式;阅读既能促进自身的专业成长,又能提升自身的精神境界,还能克服教学本领恐慌。刘波用《教师成长力修炼》再一次验证这句话:好教师是读出来的,好教师是自己创造出来的。

正如《中国教育报》记者张贵勇所说,刘波老师像"花婆婆"一样播撒读书的种子,又如同一个小男孩在海边将一条条搁浅的小鱼扔回大海。

让写作成为自我研修的推进器

阅读和写作是教师成长的两足、腾飞的双翼。跛脚的人走不远,残缺的翅膀也飞不高。作为一名教师,要想在教育之路上走得更远飞得更高,必须喜爱阅读,善于阅读,勤于动笔,笔耕不辍,并能学以致用。写作是表达自己思想、情感的重要方式,是整理思想、梳理思维、提高自身逻辑思维能力的过程,更是身教的最好体现。

现实生活中,教育写作真成了教师成长中的分水岭。有的教师依托教育写作,加快成长步伐,跻身于名师行列,如李镇西、闫学、郑桂华等。而有的教师,平时就远离阅读,更远离写作,结果在芸芸众生中过活。

从当下看,教师写作有两个极端,要么"拒绝写作",要么"功利写作";中间还有想写,但又不知道该写什么的。为了破解这些难题,作者告诉我们,教育写作要走出"畏难情绪""应付心态""过于功利"三大陷阱;适度自我加压,借鉴样本,积累素材,从写日常教学反思、感悟开始;积小流,成江海。

走进"云时代"更要学会知识管理

信息时代，知识爆炸。面对海量的知识涌现，学会知识管理必然成为教师成长的重要途径。知识管理首先出现在西方企业管理界。近年来，知识管理理念也逐步进入学校教育领域，有些学校已经把知识管理和创建学习型组织结合起来。个人知识管理的实质在于借助网络平台、存储工具，通过整合自己的信息资源来帮助个人提高工作效率，进而提高个人竞争力，从而加快自身成长的步伐。

在书中，作者为我们推荐了知识管理的"两大利器"，即博客和印象笔记。博客属于"外向型"工具，是自己知识管理的"金管家"。运用博客可以对相关知识进行分类，链接常用的网络地址，开展网络人际交流。印象笔记是"内向型"工具，是文本管理的"顶级高手"。两者各有优势，又能有机结合。教师如果能够把二者运用纯熟，这样的强强联合是非常给力的。

善用相关报刊的电子版，巧用微信、微博也是作者给我们的建议。学会善用、巧用媒体工具，可以使我们更好地获得新知。同时，作者对参与网上互动社区这一方式给予忠告，认为它是教师知识管理的有效途径，但也要注意趋利除弊，不要捡了芝麻丢了西瓜。

成长需要向上发展的内驱力

时代变化迅猛，社会、家长对教育的要求越来越高，以互联网为标志的新技术倒逼学校和教师必须发生改变。如此新常态，教师如果还缺少紧迫感，故步自封，那么必然被淘汰。

每粒种子都渴望成长，只要有了适宜的土壤和气候，都会凭借内驱力突破种种障碍，哪怕是巨石在上，也会破土而出。作为教师，内心也都存在着渴望成长、成功的心理，有时可能因为外界因素阻挡或压制了向外突破之心，加之无形中形成的职业倦怠，一种成长的动力机制被搁置。要想激活动力机制，除了外界因素，最主要的是教师要主动激活。纵观刘波老师的成长案例，他之所以能够在五年之内出版三本教育著作，发表300多篇教育文章，是因为他有清醒的头脑，他会自我奠基，他会建构自己的成长动力机制，他把成长作为自己的文化自觉。

其实，成长不单单是青年教师所面对的问题，中老年教师也该时刻提醒自己，不忘初心，方得始终。

《教师成长力修炼》

刘波著

宁波出版社

2015年6月出版

鼓起教学勇气

当一名教师很容易恐惧——恐惧领导,害怕自己业务能力不够强;恐惧家长,害怕他们指责自己误人子弟;恐惧学生,害怕他们不认可自己的教学。

教师有恐惧不奇怪,但帕尔默告诉我们:"心里可以有恐惧,但不必置身心于恐惧之中。"

教师要消除恐惧,就要努力去创建一个"既是有界限又是开放的、既令人愉快又有紧张的气氛、既鼓励个人表达意见也欢迎团体的意见、既尊重学生们琐碎的'小故事'也重视关乎传统与原则的'大故事'、既支持独处也利用集体的智慧、既欢迎沉默也鼓励表达"的学习空间。

新课程实施以来,教师从"以教师为中心"的模式走出,却又陷于"以学生为中心"的模式,有时候还被这两种模式弄得无所适从,经常陷于"非此即彼"的境地。

帕尔默提出的"学习共同体"则融合了这两种模式的优点。课堂既不应以教师为中心,也不应以学生为中心,而应以主体为中心。这个主体由教师和学生同时专注一件伟大事物来构成。教师可以当学生,学生也可以当教师,每种思想都能发出自己的声音。

"教学就是要开创一个实践真正共同体的空间。"对于课堂空间,我们习惯于去占领而不是去开放。因此我们要打破"占领空间"的常规，树立"开放学习空间"理念，努力克服内疚感，让创造空间、开放空间成为课堂教学的主流。

因此，我们要从"关上门教学"变成"打开门教学"，进入教学共同体。在共同体里可以和同事切磋、对话；可以观察、讨论彼此的教学；可以真诚地把自己成功的经验公开说出来，更可以真诚讨论令自己感到困惑和挫败的事情。这样就可以得到集体的智慧，可以获得教师成长所需要的资源。

这是《教学勇气：漫步教师心灵》一书给我的启示。

《教学勇气：漫步教师心灵》
[美] 帕克·帕尔默著　吴国珍等译
华东师范大学出版社
2005年10月出版

慎重对待课堂上的价值多元

课堂是师生、生生之间交流、互动,并从中生成智慧、见识、人格、情感、态度和价值观,实现共同成长的重要场所,是促进学生成长的关键路径。

中小学生价值观的多元化是目前实存的状态,以价值观传递为主要特征的教学遭遇价值多元的难题。比如,课堂上出现与教材编写意图相左的意见;以"主导价值"收拢教学,但学生"导而不通";学生对"主导价值"提出疑问,教师不予指导;教师不考虑学生的想法,代学生进行价值选择;等等。可以说,价值多元已成为当前教育教学活动不可回避的现实问题。

课堂出现价值多元该怎么办?王凯的《教学作为德性实践:价值多元背景下的思考》一书为我们指点了迷津。他提出以"德性实践"的方式解决价值多元困境。"德性实践"是一种理想类型的教学,目的是让师生在追求教学内在利益的过程中实现人的全面发展。

价值多元的出现客观上使教学中的德育问题复杂化了,原有的传递、灌输方法显然不足以应对复杂的现状。事实上,教学中的智育和德育是不可分割的统一体,但智育并不能代替德育。作者认为,知识与道德在教学中是合一的,学习知识的过程就是德性养成的过程。教师要引导学生向内用力,追求学习的内在利益,体验学习本身带来的快乐。在探求知识的过程中,不断提升自身的勤奋、认真、细致等品质。

课堂教学出现的价值多元的确给教师增添了麻烦:教师不仅要为可能的生成做准备,吃透编者的目标价值,还要预计教学过程中学生可能存在和生成的价值认识。教师不仅仅以教学设计推进教学进程,还要随时应对学生提出的问题,发现教学的新拐点,生成新的教学过程。

但是,价值多元的主张给教学带来了更丰富的资源,扩大了师生对同一问题的认识视角、思考维度,提升了思维能力。作者认为,课堂上的价值多元不能基于成人的立场,而应遵循儿童身心发展规律的原则。应该承认每个儿童都是"道德哲学家",教学要给学生充分表达、论证自己观点的机会。要发展学生,使学生成为主动参与活动、体验价值、交流借鉴,实现价值生成、能力发展的人。否则就会出现一种错误的认识,认为课堂上的价值多元可能是多种错误观点的并存,解决问题的方式由此变成简单地否定学生的价值推理,向学生灌输教材或教师认定的"正确价值主张"。

课堂教学应被看作师生人生中一段重要的生命经历,是他们生命的构成部分。课堂教学不仅要关注学生生命整体的主动成长,也要关注教师生命质量的提升。没有教师生命主动的投入,教学生活的完满幸福、学生的成长只是美丽的空话。

教学作为德性实践,是一种具有提升师生生命质量的内在利益的复合型特殊实践。在价值一元时代,教师只需要准确无误地讲清道德价值概念。而在价值多元时代,教师不仅要具有渊博的伦理知识,还要具有发现、分析伦理问题,引领德性成长的能力,在坚持提升"德品"、获取"德知"的同时,更加注重"德能"的修养。

《教学作为德性实践:价值多元背景下的思考》
王凯著
江苏教育出版社
2009年3月出版

唤起内心的深度觉醒

"今日谈教师专业发展常常重教育教学的技能技巧,精神的提升往往被忽略或被架空。殊不知,优秀教师的成长最为关键的是自己内心的深度觉醒。当把自己日常的平凡工作与国家的千秋大业、老百姓的幸福生活紧密联系在一起的时候,就会深刻领悟到教育学生成长、成人、成才的价值与意义。"著名特级教师于漪在孙宗良编著的《提升精神与智慧力量:优秀教师的觉醒之路》一书的序中如是说。

教育重在传承。中外思想家、教育家对教育工作的论著林林总总、丰富多彩,在有限的时间大量阅读,抓住精要,实非易事。书中采用了先录教育名言的方法,引导读者与先哲先贤见面,倾听他们对教育的真知灼见,然后安排"精要点击",意在娓娓道说一己的学习心得,进行与读者的合作交流。

作者直面教育现场,紧扣教师习以为常又容易无意识地进入误区的观念进行论述,以求提升思想、增添智慧。赫尔曼·黑塞的"提升人生境界与生命高度的读书"是一条教师提升素养必走的重要道路。"读书绝不是为了散心消遣,而是集中心智;不是用虚假的慰藉来麻痹自己,使自己对无意义的人生视而不见,而是要将我们的人生变得越来越充实、高尚,越来越有意义。"这对当下浮躁心态下的实用主义阅读是很有警示意义的。有时,人们把功利阅读归因于时代和社会。其实,主要原因还在于我们自身,在忙碌与浮躁中失去了自我,被物欲蒙蔽了心灵,失去了"永不满足的思索"。赫尔曼·黑塞告诉我们,这条着眼于整个人类文化积淀的阅读之路永无止境。

教师要学会自我教育。在众多的教育家中,第斯多惠是最强调教师自我教育和自我修养的。"教育者和教师必须在他自身和在自己的使命中找到真正的教育的最强烈的刺激",因为教师是教育者,他必须为学生做出榜样,必须靠教育自己以首先获取美好的人格,这样才能够"引导别人走正确的道路,激发别人对真和善的渴求,使别人的素质和能力得到最高的发展"。陶行知先生更为明确地提出:"以教人者教己。"柏拉图的"教育年轻人的同时教育自己"应该成为每一位教师的座右铭。

教师要行不言之教。教育对学生影响最大的不是教师明白无误地告诉学生应该怎样去做,而是学生从教师身上感受与领悟到人应该怎样去生活、学习、做人。正因教师是"人之模范",教师的人格力量才成为整个教育中最有效的因素、最强大的力量;而人格力量恰恰体现在为师者"处无为之事,行不言之教"上。如果没有"以德服人",就不会让学生"心悦而诚服";没有苏霍姆林斯基所说的"活命水"的浇灌,学生就不会蓬勃生长。

在这本书中,作者认为教师应该是思想者。面对千百万成长中的孩子,面对瞬息万变的社会与多姿多彩的文化,教师不可能以不变应万变,必须学会反思自我,完善自我,成为自省者,成为思想者。"吾日三省吾身""君子博学而日参省乎己"这些教育箴言无不强调自知才能自省,自省才能自我完善。教师要进行卓有成效的自省,就得正确地看待自己,摆正自己的位置。正如柏拉图所说:"过分地爱自己事实上是人的一切过错的渊源……让每个人都避免过分的自爱,屈尊跟随比自己好的人,不允许让不该有的羞耻挡道。"

教师还应该是批判者。当今时代,培养学生的创新精神已经成为教育的当务之急。如果教师被动地不敢越"成绩"雷池一步,那么,培养学生的创新精神只能成为空中楼阁。创新需要胆量、气魄与学识,更有赖于批判精神。如果说,没有创造,就不能走向明天,那么,没有批判,就无法走出今天。时代在迅速发展与变化,如果没有批判精神,我们就会因循守旧,故步自封,坐井观天,最终会僵化致死。

教师要做将知识上升为智慧的人。要想集天下英才以育之,教师不但要做一个知识渊博、积淀深厚的人,还要做将知识上升为智慧的人。知识只有上升为智慧,才会活起来,才能真正为人所用,成为人内在的有机组成部分。洛克用海和指南针来比喻知识与智慧的关系。失去了指南针和航海图,无论经验多么丰富的航海家,也都会在苍茫的大海中因迷失方向而被大海所吞没。同样,没有智慧引领的知识,也将使人陷入迷茫的汪洋。

这是一本极好的案头书。闲暇时光,琢磨品味先哲睿语,阅读作者的"精要点击",从"师者之行"中启悟智慧。然后,循着作者提供的途径,唤起自己内心的觉醒,进行自我提升,愉快地走上优秀教师成长之路。

《提升精神与智慧力量:优秀教师的觉醒之路》

孙宗良 编著
江苏凤凰科学技术出版社
2014年10月出版

第四辑

阅读，传承经典智慧

中华文化经典是巨大的宝库。作为现代教育者,更应拥有开放的胸襟与胆识,具备全面与扬弃的思维,具有批判承继、知行合一的实践能力。面对经典,我们要运用脑髓,放出眼光,精心挑选,主动占有,学以致用。

重拾传统是为了更好地前行

中国是一个有两千多年教育传统的国家。当今社会,如何在面向未来的变革中不丢失自己的传统,是中国教育改革面临的重大课题。回首历史是为了更好地前行,重温历史则让我们拾回信心、守持底蕴。当你对教育感到困惑和迷失、感到失重的眩晕和失衡的危险时,不妨捧起王丽著的《追寻失落的中国教育传统》,你会在功利主义、技术主义、工具主义、官本位价值弥漫的现实中找到一种不可多得的镜鉴和参照。

小小的开笔礼,承载着中国文化的使命,蕴含着读书求学、安身立命的思想

当我们把目光投向西方教育的时候,千万不要忘记回眸,因为先哲们为我们总结了关于教育的宝贵思想。

中国传统教育中,开笔礼是儿童从蒙童走向成人的重要仪式之一。古代,学童会在开学第一天早早地来到学堂,由启蒙老师讲授最基本的求学之道,参拜孔子像之后方可入学读书。

近年来,这个古老的仪式悄然复活。广西扶绥县实验学校一年级新生开笔礼开展得颇有特色。仪式第一项为"正衣冠",寄寓着中国传统文化中"正道直行""正心诚意""堂堂正正"的内涵,而这个"正"须从身体做起,从正衣冠做起。第二项为"朱砂启智",第三项为"击鼓鸣志",第四项为"启蒙描红",最后一项为"赠书送礼"。

整个仪式将中国文化核心的精神与价值观浓缩其中,并以简洁、美好、庄严的形式呈现出来。它在孩子们心中播下的是中华文化的种子,为孩子们开启了认识中华传统文化的大门。

小小的开笔礼,承载着中国文化的使命,蕴含着读书求学、安身立命的思想。它就像人生的一个节点,或是一个加油站,送你走向更充实多彩的未来,同时也提醒你应该担当的责任与履行的义务。中国文化的魂,其实就存在于这些传承千年的仪式之中。

一个人在开启童蒙时,历史知识的进入应首先始于身边和脚下这块土地

中国第一份初等小学堂必修科课程表由《奏定学堂章程》颁布。其中历史、地理、格致三科不是纯知识的教育,而是渗入了浓郁的人文内容,是关乎灵魂和生命的教育,是关乎做人、做中国人的根本的教育。

小学一年级历史课的内容是"乡土之大端故事及本地古先名人事实",即当地流传的民间故事及本乡本土古代先贤名人事迹。其背后传递出的是这样的理念:一个人在开启童蒙之时,历史知识的进入应当首先从身边、从脚下这块土地始,从祖祖辈辈生息繁衍的土地始,而不是从国家、民族这些人类学和社会学的大词始。儿童就是从本乡本土的"某某公"的事迹中,获得情感上的满足和骄傲,进而从精神上与祖先建立起联系,找到族群上的归属感,完成对"我是谁""我从哪里来"的最初始的确认。

课程表设计者极具发展眼光。考虑到孩子们随着年龄的增长,求知的触角也会日渐向更广阔的时空伸展。到了三年级,在认识乡土历史的基础上,内容进一步扩展到国家、民族的范畴。地理课和格致课的思路如出一辙。

这份课程表颁布于新教育诞生之初的1904年,从今天看,它就像长江源头的一泓清泉,虽然涓涓细流,却散发出清新怡人的气息。然而,在百年中国教育现代化的进程中,这股细流又何以湮灭不见,一如消失在沙漠里的水?我们是否应该予以深层次的反思呢?

追寻好的语文教育传统,重新认识母语教育的价值,是传承国学的当务之急

中国语文教育有众多的好传统,如诗教、游学、读经、书法、对对子等。其中,对对子是中国传统启蒙教育中开笔作文之前的必修课,是比较容易引起学生兴趣的一种学习方法。对一副好对子会为读诗、理解诗、作诗打下坚实基础。从汉语修辞来说,对对子又称对偶或对仗,它是中国语文的奇葩,构成了文言文最华彩、最具生命力的部分。

对对子能充分利用汉语、汉字单音、四声音节的特征,能充分发挥儿童时期记忆力强的特点,也避免了儿童时期理解力差的缺点。突出记忆力的发挥和锻炼,是我国两千多年来汉字启蒙教育最有效、最成功的特点。对对子还是测验学生语言积累和才思悟性的最佳法子。最有名的例子当数1932年陈寅恪先生为清华大学国文入学考试出的试题。他出了一道"孙行者"的对对子试题。试毕,据说高中者仅一人,所对为"胡适之",引起舆论大哗。而今,大学中文系甚至是专研古典文学的教授,不懂平仄,不会对对子,更不会作诗者大有人在,对此大家已习以为常了。

任继愈先生说:"中国文化有一个特点,自从有文字以来没有中断过。你看骑马的'马'字,从前那个写法一直到现在,能看出那个痕迹……语文课应该代表五千年的成果。"梳理语文教育历程,有时候我们走入了误区。语文教育亟须理性回归,把好的语文教育传统追寻回来,重新认识母语教育的价值,是传承国学的当务之急。

试想,如果我们国学教育传统传承得好,那么还会出现某博士"扶正""斧正"不分的笑话吗?

教育血脉需要承续,而承续的重要载体是把传统与现代打通得好的教材

既能忠实于原著又能将传统与现代打通,并以现代观点来激活经典的教材,港台地区做得相对好一点。台湾地区高中教材——《中国文化基本教材》可谓承续文化血脉的精品教材。

这套教材的编辑目标是"陶铸中学生优雅之气质、高尚之品德,并启导人生意义,弘扬中华文化"。选辑的内容标准为"以能反映中华文化之精髓,培养伦理道德之观念,且具有时代意义者为考量"。编者在解读上,紧扣原著要义,循循善诱,精当恰切,深入浅出,生动活泼,毫无道德说教之嫌。而每小节末的"问题与讨论"尤具特色,因势利导启发读者联系现代生活领悟原作精髓,引导学生进一步思索社会人生可能面对的各种复杂的境遇,以便让他们懂得如何看待理想与现实之间的矛盾,把握坚持与变通的关系。

最可贵的是编者并不回避古今之间的意见碰撞,而是启发学生如何以现代的眼光去汲取古典文化中的精髓,重新审视和理解其价值,而不是将它看成僵死的、一成不变的东西。特别值得称赞的是,这些问题几乎都是开放性的,没有标准答案。有的只是提供了一个思路,或者说思考的方向,需要学生自己在将来的学习和生活中慢慢反刍,进而融会贯通。

教材将中国传统儒家文化伦理价值观成功地转化为青少年人格养成和道德建构的资源,在年轻一代心中植下精神的根、文化的根,并对台湾民众的整体文化素质、道德伦理和价值观产生了深远影响。这难道还不值得我们深思吗?

西谚云:如果在森林里迷了路,最好的办法是回到起点。其实,我们的教育何尝不是如此?为此,作者疾呼:把失落的中国教育传统追寻回来,因为它关系到重建民族核心价值观,关系到延续中华民族文化精神命脉,更关系到提高全民族文化认同。

《追寻失落的中国教育传统》

王丽 著

教育科学出版社

2010 年 11 月出版

无障碍阅读国学经典

当下,国学热持续升温,弘扬中华民族优秀传统文化,重视对国学经典的研习,已经成为人们的共识。国学经典数量浩瀚,若缺乏系统的阅读指南,人们就不知道看什么,也不知道从哪儿看起;即使阅读了,也如盲人摸象。中国社会科学院文化研究中心学者冯国超译注的《国学经典规范读本》丛书(6种),可以让读者无障碍阅读经典。与其他蒙学经典丛书相比,这套丛书的特点在于严谨、细致、规范、权威、美观,其中,"规范"做得最好。

丛书内容褒扬贬斥

《千字文》音韵谐美,对仗工整,铿锵悦耳,辞藻华美,气势磅礴,清新自然。内容举凡天文、地理、历史、人物、政治、军事、建筑、动物、植物、处世之道,无所不包,属于"百科全书式"教材。

以"人之初,性本善;性相近,习相远"强调学习之重要为开篇,以学习的内容、顺序为主体,以"勤有功,戏无益;戒之哉,宜勉力"作结的《三字经》亦可看作一篇极具说服力的劝学论文。令人佩服的是,在劝学的主旨下,把大量有关自然、社会、历史、人伦的知识贯穿其中,于无形之中,让蒙童知识得以丰富,心智得以开启,境界得以提升。

《增广贤文》，按韵律编排，相当于一本格言警句选集，蕴含的思想极其丰富。通过汇集前人的论述，告诉人们世事的复杂、人性的弱点、处世的对策、生活的真谛以及人生的目标。它填补了以往蒙学读物重知识教育、重行为指导而缺乏说理论证的空白。

全书接近三万字的《幼学琼林》，是蒙学经典中字数最多的一种，堪称中国古代蒙学中的"大百科全书"，是系统了解中国古代文化的极佳读物。令人叫绝的是，在介绍天文、地理、动物、植物等各门类知识的同时，该书把"为善去恶、积极有为、夫妇和睦、为官清廉"等为人处世的思想贯穿其中。

《笠翁对韵》是明末清初著名戏曲家李渔仿照清代学者车万育的《声律启蒙》而编写的，但不是一部系统介绍怎样对仗、用韵的作品，而只是为人们学习对仗、用韵提供了精彩而又生动的范例。该书文字优美，包含极其丰富的文史知识，反映了中国传统文化中如仁义礼智、自尊自强、做官清廉等价值观。

紧紧围绕《论语》中孔子所说的"弟子入则孝，出则弟，谨而信，泛爱众而亲仁。行有余力，则以学文"这段话展开论述的《弟子规》，则告诉学生如何说话、如何做事、如何处理人际关系等。作者认为这是一部导向正确、内容健康且极具实用价值的启蒙读物，是一本指导人们如何行动的手册。作者对经典并没有一味高推，对书中的糟粕也进行了有针对性的批判。

精选版本逢难必注

在历史流传过程中，每个蒙学读物，版本都很多，有的缺乏权威的定本，内容不统一，注释不够规范，没有导读，或有导读但不够系统，有配图但过于随意；有的照录原文，仅做简单的注释，很少做白话翻译；有的虽做了注释，但体例陈旧，不方便读者阅读。

为解决版本混乱的状况，也为了更好地揭示蒙学经典的内涵和现代价值，作者以历史上最权威的、影响较大的古籍为底本，参阅其他具有代表性的著作进行点校，对其中有争议的、不清楚的文字随文做注或予以说明，使经典原文的呈现更为准确可靠。比如，《千字文》以清代李光明庄精刻本《千字文》为底本，同时参阅隋代智永的《真书千字文》和唐代欧阳询、宋代赵佶等人的《千字文》。

目前出版的一些古代经典译注本有一个较为明显的通病，就是译注者做注较为随意，哪些字词须注，哪些字词不用注，没有统一的标准，造成一些必须注的疑难字词常常被有意无意地回避了，这必然会给读者阅读带来很大的困难。而注释文字又较为随意，译注者常常根据自己的理解来做注，而不是依据相关工具书上的解释，这就使注释缺乏权威性。

作者译注的系列丛书，做到逢疑难必注，不回避问题。对迄今仍存在分歧和争议的地方，坚持实事求是的原则，或明确表示存疑，或同时列举几种有代表性的观点，以提示读者此处内容并无确解。同时，注释文字一律采用《汉语大词典》《辞海》《辞源》《古代汉语词典》等权威工具书中的解释，以避免误导读者。

作者严格忠实于原著，注释既详细准确又简明扼要，译文既简洁典雅又精致流畅。特别是在目前学界仍有争议的地方，能兼收百家之长，把有代表性的不同观点列举出来，而不是只讲作者的一家之言，这就好比读者在读一本书时，同时阅读了相关的好几种书，无疑有助于读者对国学经典的客观了解。

这套读本的"导读"内容丰富。作者或概括一章一节的主要思想，或介绍有争议的问题的来龙去脉，或讲述古代智慧的具体运用，或介绍专业知识，或反映作者自己的独特理解，如此为读者搭梯子，对读者充分了解国学经典的内容和实质具有极好的帮助。

编排架构完整古朴

这套丛书编排结构主要由前言、正文、注释、译文、导读、图说、附录等部分构成，是目前笔者见过的最为完整的编排架构。在丛书的架构中，最令读者满意的是导读和图说部分。

对现代人而言，国学经典最难的不仅是文字，更主要的是内容。在该丛书的解读部分，作者采用了"导读+图说"的经典解读方式。在"导读"部分，作者除了对原文做深入的说明，揭示其实质和价值意义，还尽量列举相关的历史故事来进行剖析，以利于读者更好地理解和接受，可谓揭开原著之精蕴，明晰古代智慧之实际应用。

"图说"部分，则主要根据"导读"中所举的例子，选择历史上与之相关的绘画进行配图。作者选用的大量古代精美版画古朴雅致，古风扑面，极大地增加了读者的阅读兴趣。

配图时，作者严格采取一一对应的原则：图是对"导读"文字的形象描绘，"导读"文字则是对图的说明。图文结合不但帮助读者还原经典记忆，还调整了阅读节奏，这样避免了以往诸多国学经典图文本配图随意的弊病。

蒙学经典丛书在古代属于"小人之学"。在今天，这套丛书不仅可以当作儿童的国学启蒙读物，更应该是成年人学习研究国学的经典教材，它已经成为"大人之学"。我们要在儿童心中种下国学经典智慧的种子。当儿童的人生阅历越来越丰富的时候，国学经典所蕴含的智慧定能绽放出美丽的花朵，结出累累硕果。

"不忘历史才能开辟未来，善于继承才能善于创新。"正如中国社会科学院院长王伟光在该套丛书总序中所希望的那样，这套《国学经典规范读本》定能对人们把握国学的精髓、认识国学的价值、扬弃国学的糟粕、光大国学的精华产生积极的作用，真正做到古为今用，为中华民族伟大复兴的中国梦服务。

《国学经典规范读本》（启蒙类）

冯国超译注

商务印书馆

2015年3月出版

智慧恒久远

昆仑山下,玉龙喀什河畔,送爽的金风吹开了我的书页,"蒹葭苍苍,白露为霜。所谓伊人,在水一方。溯洄从之,道阻且长……"

我像一条鲑鱼,沿历史长河逆流而上,回到孕育教育生命的故乡,寻找心中的"伊人"——《学记》,与其完成精神受孕。它是我国最早的教育元典,犹如大江大河之源,流淌万年不止息,滋润千年不枯竭。

教之大伦

新学期到来,开学典礼不可或缺。然当代学校的开学典礼简单,大多流于形式。古代学校的开学典礼真可谓典雅庄重:"皮弁祭菜,示敬道也;宵(小)雅肄三,官其始也。"古人开学,政府官员要参加,但不兴师动众且极其谦和低调。官员及师生们都必须身穿礼服,置备肴馔,祭拜先圣先师,演练《诗经·小雅》中的《鹿鸣》《四牡》和《皇皇者华》这三首君臣宴乐、相互劳问的诗歌。庄重的礼仪是为了表示对文化知识的敬重。

古代上课也有"两分钟预备"。"入学鼓箧,孙其业也。"教师击鼓召集学生进入教室,督促学生尽快打开书箱,拿出书本,以便让学生静心恭顺地开始学习。这点看似"轻微",实则重要。学生只有心静,做好了学习的准备,学习才会渐进佳境。

惩戒从来就是教育的必选项。"夏楚二物,收其威也。"古人用槚木和荆条做成教鞭(后来有青铜戒尺),置于课堂之上,用来警示学生,以树立教师督促学生学习的威仪。在鲁迅的《从百草园到三味书屋》中,我们还能看到描述戒尺的有关文字。现代教室没有了教鞭,有了众多标语、规章制度甚至摄像头,学生"无所畏惧"之心日盛。当"赏识教育"喧嚣泛滥的时候,教育就已经成了"跛的"教育。师严道尊,何足道哉!

学校是圣洁之地。"未卜禘不视学,游其志也。"在古代,官员们没有占卜和祭奠先祖,就不能随意进入学校重地来视察,以此表明政府官员非常尊重学校,进而来揄扬学生,使学生安下心志,从容读书。可是,现在的学校行政化色彩浓,各种检查评比让学校应接不暇。

"时观而弗语,存其心也。"在学生学习的过程中,教师首先是观察,而不是事先告诉他们什么,不能随意地给他们讲解,尽量给学生多留一些思考问题的时间和机会,让学生自己动脑探寻问题答案,以便让他们用心思考。对年龄小的学生,只需要求他们认真听课,不要随意乱问。这是按学生的认知水平和接受能力进行教学。因为,学习要由浅入深,教学也不能拔苗助长,随意超越学生的知识基础和认知能力。先学后教,古已有之矣。

教之兴废

课堂上,教师只管自己的"教"而不顾学生的"学",这种"施悖求佛"("佛"通"拂",违背)的教学弊病古代就有。更何况教师"多其讯,言及于数"!教师一厢情愿的"教"而不顾实际效果,会使学生感觉不到教师的真诚之情,教学也因此不能因材施教。

教师施教违背教育的规律,学生学习也跟着被动地违背了学习的规律。久而久之，学生求知的火苗被教师一点点浇灭，学生厌恶学习进而怨恨老师，只知道学习有其苦、有其难，而不知道学习还有众多好处，更体验不到学习的快乐。其最终结果是，即使完成了学业，学生也很快把所学丢弃得一干二净。

古人能发现"施悖求佛"的教学弊端，也能找出解决这一弊端的方法，即"豫""时""孙""摩"。当学生（不良）欲望未生之时，或刚有苗头，教师就要预先禁止，预防重于治理。教师能发现并抓住教育契机对学生进行教育，引导学生抓住学习时机，趁热打铁优于亡羊补牢。按照学生的身心发展规律和学习规律教学，不随意超越或拔高，循序渐进强于一曝十寒。学生之间互观互摩，相切相磋，共同学习胜于孤陋寡闻。

认知、掌握、运用好这四种教育方法还不够，教师还要知道教育失败的六个原因："发然后禁，则扞格而不胜；时过然后学，则勤苦而难成；杂施而不孙，则坏乱而不修；独学而无友，则孤陋而寡闻；燕朋逆其师（如果交友不慎，行为就会违背师长的教诲）；燕辟废其学（尽谈些不正经的事情，就会荒废学业）。"学生不良行为、习惯产生后再去禁止，就像冰冻三尺的地，即使用钢钎去凿也难以奏效。课堂中很多师生冲突的发生原因就在于教师预防不到位。错过最佳学习时机再去学习，即使勤学苦练，也难以学成。错过最佳教育时机，再去教育不能说无效，但是却极其费时费力。教师不按规律，教学杂乱无章，学生的学习也会随之无序，这样混乱的教学，师生都不会有进步。学生不互相学习，自己单独学习，就会没有学友，没有学友就会孤陋寡闻、心胸狭窄，虽学多但识浅。喜欢玩乐的学生，会结成朋党，不听从教师教诲，纪律松懈，不好好学习，学业由此荒废。

教育失败的原因，古今一理，这点当今教师不可不察。

教之良方

　　课堂教学从来就不能生硬灌输,而是要善喻。何谓善喻? "道而弗牵,强而弗抑,开而弗达。道而弗牵则和,强而弗抑则易,开而弗达则思。""喻",就是开导、诱导,最终目的是让学生学。教师要对学生指导、引导、诱导、劝导而不是单方面牵着学生鼻子走。如此,学生不是被动学习,而是在教师"导"引下主动学习。师生关系融洽了,教育就和谐了。对学生要求严格而不是严厉,劝勉而不是强制,鼓励而不是压抑,赏识而不是一味批评、讽刺,这样学生才会感觉学习虽然有压力,但却是一件很轻松的事情。对学生遇到的问题,是启发而不是直接给予结论,为学生提供解决问题的条条大路,让学生自己走,这样才能促进学生思考,充分调动其学习的主动性。教师用"道""强""开"之策,不用"牵""抑""达"之法,那么"和""易""思"的师生关系就形成了,好的教学效果自然也就产生了。如今的教育,教师对"牵""抑""达"之法却情有独钟,真乃不善喻也!

　　课堂教学从来就不能生硬灌输,而是要继志。何谓继志? "其言也,约而达,微而臧,罕譬而喻,可谓继志矣。"善于唱歌的人能使人受到感染和熏陶,用情来吸引人学他的歌。同样,善于教育的人,能够使学生继承其志向。在文化价值多元化的今天,古人所提倡的"志"可以理解为教师的人格魅力。学生因亲其师而喜欢这门学科,因不喜欢这个老师而讨厌这门学科,这样的现象依然存在。

　　教师如何"使人继其志"? 以"言"来获得学生的喜爱、信赖。这个"言"包括教师的教育语言、教学语言、日常生活语言(如口头语)以及写文章的语言。无论是口语表达还是书面表达,教师运用的语言都应该是简练的、形象的、生动的,富有哲理的。

课堂教学离不开教师巧妙之"问"。教师的"问"是学生学习的支架、梯子和台阶。但问要有度,问要有法,像连发炮弹式的满堂问让学生无暇思考,其教学效果可想而知。

"善问者如攻坚木,先其易者,后其节目,及其久也,相说以解。"善于发问,就如同处理坚硬的木头,先对付容易之处,再处理树干交接与纹理不顺的地方。教者发问先易后难,这样的策略是符合人的认知心理规律的。先易后难方能循序渐进,久而久之,学生就可以愉快地理解接受。不善于发问的人恰恰与此相反,课堂教学自然会出现停滞状态。

课堂教学也离不开教师对学生提问的解答。"善待问者如撞钟,叩之以小者则小鸣,叩之以大者则大鸣,待其从容,然后尽其声。"善于解答提问的人,如同撞钟,轻轻叩击,钟声小,使劲敲击,则钟声大,等待声尽,再行叩击,这样的教学最有效。教师要视提问的深浅程度回答学生问题,学生提的问题小,则以相应的方式简要解答;学生提的问题大,以相应的方式详细解答;等学生理解之后,进入积极的思维状态时,教师再深入解说,尽可能使提问者深切体会,产生共鸣。

善学之效

《学记》通篇谈的都是教师的"教",但不要误解为作者只关注"教"而忽视"学"。文中涉及"学生的学"不是很多,谈"善学产生的效果"也只有这句:"善学者,师逸而功倍,又从而庸之。不善学者,师勤而功半,又从而怨之。"

学生善于学习,教师的教就会变得轻松自如,顺风顺水,教育效果更是加倍的好,而且学生还会把自己学习的成功归功于老师的教导有方。

学生善学，教师善教，良性循环，师生双赢。学生不善于学习，甚至厌学、逃学，教师的教就会变得生涩艰难，逆风逆水，教师虽然很勤奋很卖力地教，但效果却不佳；学生学业上没有进步，不反省，反而还怪罪于老师。

学生善学有一个大前提，那就是必须先有向学之心。学生属于未成年人，学生善学的原因，有的天性向学，但也需来自父母的教育、老师的教育。学生主观能动性的发挥还需要父母、老师的持续激发，越早投入效果越好。

至于"怎样学"，作者没有单独提及，但仍可从文中寻到"怎样学"的方法。比如"藏修息游"，张弛有致，宽缓优柔；"兴艺乐学"，乐学之后就会"安其学而亲其师，乐其友而信其道"；"相观而善"，变"独学而无友"为"众学而有友"；"比物丑类"，比较同类事物，从而触类旁通。

"众里寻他千百度，蓦然回首，那人却在灯火阑珊处。"当对教育感到困惑和迷失时，我们应该静下心来，踏踏实实地回到教育的原点，重温元典，厘清当下教育的肌理，执前人之道，以御今之有。

《学记》

潜苗金译注

浙江古籍出版社

2011年11月出版

学以化性，礼以范学

荀子，中国古代哲人。与孔子、孟子不同的是，荀子没有到处游说自己的学说。司马迁对荀子有精辟评论，"荀卿嫉浊世之政，亡国乱君相属，不遂大道，而营于巫祝，信祀祥。鄙儒小拘，如庄周等，又滑稽乱俗。于是推儒墨道德之行事兴坏，序列著数万言而卒。"荀子之术不用于当事，学期传乎后代，著作之意在转变政教。

性善性恶，各有所指，初不相反

孔子之前，人性之善恶并未成为人们讨论的论题，孟子、荀子而后，性善性恶才成为纷争的焦点。孔子不谈性之善恶，只是说"性相近，习相远"。孟子直言："人性善。"荀子则说："人之性恶，其善者伪也。"

世人大多认为孟、荀人性善恶之论是对立的，其实不然。孟、荀学说各有所指，初不相反。

孟子主张"人性之善也，犹水之就下也；人无有不善，水无有不下"。但孟子也说，人性虽善，而教养之功仍不可缺，环境的良适仍为必要。人性善是可然，但不能期望其必然。正如涂之人可以为禹，但不能期望涂之人都能成为禹。人性虽善，不能期望其行为必归于善。

荀子主张"人之性恶，其善者伪也"。对"性"和"伪"之含义，不可不慎，不可不审察。荀子所说的"性"，对人而言是"不可学、不可事"；荀子所说的"伪"，对人而言是"可学而能、可事而成之"。其中所说的"事"是指为正利而行。何以知其正利，则有赖于虑，虑即辨别思考，荀子性论乃是以思导性。

我们要格外注意"可"与"不可"。男女饮食，不学而能；然而男女之欲却要加之以学，方知男女有别；饮食之欲可加之以学，方有节制。目可以见，耳可以听，目明而耳聪，不可学明矣。

人性可以为善，导性向善则有待于辨别思虑，这两者孟荀皆相同。至于二人一倡性善，一标性恶，全是由于二人对性之界说不同。孟子所说的"性善"是就"可以为"而言，荀子所说的"性恶"是就"不可事"而言，各有所指。一些人不明，还以为孟荀学说之间有冲突呢。

怙过饰非，是己非异，乃求知大患

荀子在《荣辱篇》中说："凡人有所一同，饥而欲食，寒而欲暖，劳而欲息，好利而恶害，是人之所生而有也，是无待而然者也，是禹、桀之所同也。目辨白黑美恶，耳辨音声清浊，口辨酸咸甘苦，鼻辨芬芳腥臊，骨体肌理辨寒暑疾养，是又人之所常生而有也，是无待而然者也，是禹、桀之所同也。可以为尧、禹，可以为桀、跖，可以为工匠，可以为农贾。"

同样为人，同样的天生欲望、辨别能力，为何人之行为不同？因积习之不同。积习为何不同？乃因人闻见有博寡。

一般说，求知的心理条件有消极的与积极的。荀子重视人的心智，故对求知的心理条件细究探察。对消极的心理条件，荀子指出："凡人之患，蔽于一曲而暗于大理……私其所积（习），唯恐闻其恶也。倚其所私，以观异术，唯恐闻其美也……心不使焉，则白黑在前而目不见，雷鼓在侧

而耳不闻,况于蔽者乎!"(《解蔽篇》)

对此余家菊解读为,感情的偏私可以转移认识作用,使其不能正确,或且大谬绝伦,然而自身不察,反且自以为是而不肯加以反省。这是求知的根本大患。此患不去,真知不获。人喜怙过饰非,亦好是己而非异。

虚、一、静,求知的当然法则

对积极的心理条件,荀子指出"虚一而静"。人心有藏(实)、有两(对立、差别)、有动;然而,人心也有虚、有一(统一、互异之两物同时兼之)、有静。人,生而有认识作用,认识作用既有实、差别、动的一方面,也有虚、统一、静的一面。虚、一、静也是心可有的自然现象,也应该成为求知的当然法则。人们在认识中常知前者而不知后者。

对不知而求知的人,荀子告之"虚一而静"。求知者,先要虚,不怀成见。虚则能入,犹如屋子不清空怎能往里装东西呢。之后是综合两异端,对立统一,方能尽。求知者还要静,保持其灵明情状。静则能察,不因想象烦嚣而错乱其知。

荀子又说,人心譬如一池水,静然不动,则湛浊在下而清明在上。微风过之,湛浊动乎下,清明乱于上。心亦如是,故导之以理,养之以清,物莫之倾,则足以定是非,决嫌疑。定是非,决嫌疑,必须心境清明。心境如何清明?有待于"导之以理""养之以清"。能够导之以理、养之以清,则物诱莫之能倾矣。所以以理导心,以清养心。

荀子还说,人心忧恐,则口衔刍豢而不知其味,耳听钟鼓而不知其声,目视黼黻而不知其状,轻暖平簟而体不知其安。人的味、声、状、触如是,而是非之判断,嫌疑之辨别,则尤为如是。认识而欲正确,必须扫除情感,秉正理以衡之。摒绝一切主观的偏向,而衡之以严格的理智,然后判断可几于正确。

所以说，养之以清，导之以理，都是求静的方法。静、一、虚，皆求知的积极的心理条件，而三者又复连环相生。虚而能一，一而能静。不为成见所蔽，乃能虚受。能虚受乃能兼知异端，择善而从，或融合两端，统括为一，而固执之。取舍既决，趋向已定，则是知其所止，自然能定能静。

积习，化性的方法

孟子言性善，亦重行为。曰："乃若其情，则可以为善矣"；曰："人皆可以为尧、舜"，其重视行为之意昭昭。所以人们要操存、存养、推广此性，勿使丧亡、停滞。一切作为，皆发诸内心，其气运自然，其生机活泼，为善之时，有油然不尽之兴趣。

荀子认为"或善或恶，全系于人为，为之则善，不为则恶"。性恶自无所用其存养，更无所用其扩充。修养之术，全在力行。有似逆水行舟，懈怠不得，其势紧张，其情枯塞窘迫。

人性恶，欲离恶而就善，则学不可以已。学博则知识足，认识明，足以指导行为而使其无所过失。学博然后知明，知明然后行正，行正然后性化为善。所以荀子说："学不可以已。青，取之于蓝而青于蓝；冰，水为之而寒于水。"

为学之事须读书以明理，理既明矣，又须身体力行，始足以润美其身。否者，记诵之学谈说之资，何足以裨益人生。

荀子认为，善学者必通伦类之条贯为仁义而纯一，以至乎尽之，粹之，全之而后止。善学之法，则在于诵说而条贯之，思索而通达之，身体实行以践履之，排除恶诱以持养之。非礼勿视，非礼勿听，非礼勿言，非礼勿动，非礼勿虑。礼，行为之准则。准则规矩，古今不变。"类不悖，虽久同理。"如自然界法则,人类之天性,人间的基本关系。

人性成于自然,非人力所能施为,然而可导而化。导而化之,是为人为,化之而不一其次,则成积习;积习,化性的方法。积之而不改,习之而不变,久而久之,自可"习俗移志,安久移质"。积土成山,积水为海。人患无恒,有恒,则圣可积而成。

渐渍,滋润中育人

教育有言教、身教、境教。荀子所言"渐渍",就是境教,通过环境感染来转化人。荀子认性为恶,其所以能化于善,则由于事为。事为之所以可能者,则缘于渐渍。无渐渍则不知事为,不事为则无以化性为善。

教育的动力,不发自受教育者之内心,则来自受教育者之外缘。孟子认为,修养方法特重于自力之发挥,如"养浩然之气""善推其所为""求放心"。荀子则持外缘。外缘之法即渐染,渐染之法一是近其人,二是隆礼。然而二者又有不可分离之关系。近人是指求贤师而事与择良友而友。毁法谤师,自堕恶道。蔑礼弃师,而望真知之获得,是何异于南辕北辙。所以荀子特别重外力的感染作用。

尤其引起我们注意的是,荀子之论,系就大众教育而言。大众,有模仿而无创造,有吸收而无独思的人。希腊哲言,"吾爱吾师,吾尤爱真理。"此说,用之成年人则可,用之学校儿童则不可。用之于秀杰之士则可,用之于多数人众则不可。

"独立思考,特殊见解",这是世人所罕能做到的,但人们又常喜用以自欺自慰。试问能为独立思考者,世间能有几人?试问能自为判断不失正鹄而又果然不为他人之暗示所影响者,世间更有几人?试问能独立发现真理而有崭新贡献于文明者,世间又有几人?

人于年幼之时，知识未充之际，于师于礼，皆当存尊崇之心，而力求了解之，把握之，融受之。所以荀子格外推崇隆礼。荀子所言的"礼"，是行为之准则，凡法制规例皆属之。礼的功用，客观说，是在人己之间树立共守之界限，各不相侵，各得其求。主观说，是使欲不过度，物不为欲所屈。礼的功用，在养人之欲，给人之求。

大凡教育家，必有社会理想，其哲学观决定政治观、教育观。以人性为善者待人恒恕；持性善论之政治家，每着眼于正己以格人，而重视教化，戒干涉（尚无为）；于教育主自动，孟子为持性善者代表。以人性为恶者，待人常刻；持性恶论之政治家，则恒树立法度以齐一人民，不听，则归咎人民而绳之以刑威，重钳制；于教育主束缚，荀子为持性恶者代表。

荀子为何力言性恶？或缘于愤嫉时政，或由于勉人为善。荀子，心存济世之心。殆有见于当时政靡俗弊，欲挟政权上千钧之力以矫正之于转瞬之间，故不喜性善论者所持之柔和方案，而发为性恶论，以鼓动政教上之积极作为也。这一点读者不可不知啊！

《荀子教育学说》

余家菊著
首都师范大学出版社
2011 年 4 月出版

以天合天,顺天致性

庄子,我国古代著名思想家、哲学家、文学家,是道家学派的代表人物,老子哲学思想的继承者和发展者,先秦庄子学派的创始人。和孔孟相比,庄子虽不是教育家,但从其"汪洋辟阖,仪态万方,晚周诸子之作,莫能先也"之作中,我们依然能探究出其伟大的教育智慧。

"以天合天",培育独立自由精神

作为"乘物以游心""独与天地精神往来"的智者,庄子认为,人生至高、至真的大境界就是"磅礴万物""天地与我并生,而万物与我为一"的逍遥游。什么人能达到这种境界呢?唯有"无己"的"至人""乘天地之正""御六气之辩,以游无穷",才能达到逍遥游的境界。我们"虽不能至",也要"心向往之"。因为逍遥游的精髓"独立的精神自由",永远是教育追求的目标。

"逍遥游"是庄子的最高境界。作为逍遥游的"体",我们无法言说,可是它存在;它高不可攀,无人企及,但教育恰恰需要这样的精神境界来引领。作为逍遥游的"用",我们却能感知,也能学习。

庄子的哲学核心就是"大道合乎自然,无处不在"。梓庆"削木为锯","锯成,见者惊犹鬼神"。问焉何术,答曰:"以天合天。"这里的"天"

就是自然规律,"合"就是效法,按规律办事。如果我们能够做到静心、忘利("庆赏爵禄")、忘名("非誉巧拙")、忘我("四枝形体"),做到"以天合天",那么我们的教育就会进入"游刃有余"的至高境界。

在《养生主》里,庄子描述了一幅庖丁解牛的神妙画面。庖丁"手之所触,肩之所倚,足之所履,膝之所踦,砉然响然,奏刀騞然,莫不中音。合于《桑林》之舞,乃中《经首》之会"。解牛过程中,庖丁"目无全牛""游刃有余""踌躇满志",这是何等的潇洒!庖丁解牛何以"游刃有余"?"臣之所好者道也,进乎技矣。"庖丁所在乎的是"道",而不是"技"。

如果用庖丁来比喻教师,那么牛就是学科。这无疑给了我们鲜明的启示:初次走上教育之路时,看到的只是教育的外表;努力追求教育规律,不仅需要眼睛看,而且要用心去体会,那么三年后"未尝见全牛";再接再厉,用智慧去发现教育之"道",再依"道"教育,那么"游刃有余""踌躇满志"的教育艺术境界也就会悄然降临。

顺其天性,尊重受教育者个性

庄子在《应帝王》中引述过这样一个神话:"南海之帝为儵,北海之帝为忽,中央之帝为浑沌。儵与忽时相与遇于浑沌之地,浑沌待之甚善。儵与忽谋报浑沌之德,曰:'人皆有七窍,以视听食息,此独无有,尝试凿之。'日凿一窍,七日而浑沌死。"

"浑沌"说明庄子把人与天地万物看成一个整体。庄子看事物运用的是整体性思维,正是这种"天人合一"思维使庄子在看待"大与小""有用与无用""材与不材""生与死"时,超越常规思维,道出人世大智慧。

教育中,我们常常苦恼于各种关系的纠缠不清,总是期盼有个权威定论,总是想厘清各种关系。特别是语文,从民国语文单独立科至今,我们看到的依然是理论上互相打架,此消彼长,实践上非此即彼,支离破碎。常常是做了"盲人摸象""井底之蛙"的事,还不自知。究其原因,是我们缺乏整体性思维。

庄子谈到一个鲁侯养鸟的寓言,先说从前有只海鸟落在鲁国之郊,鲁侯把它迎进庙里,献酒给它饮,奏乐给它听,摆上牛羊肉给它吃。不出三天,海鸟死去。海鸟是不爱音乐的,也不爱美酒脍炙。人以为最好的音乐、食物在鸟的眼中并不是绝对好的。然后借孔子之口说"以己养养鸟也,非以鸟养养鸟也",即以养人的方式养鸟,不是以养鸟的方式养鸟。

这种养鸟的方式,鸟焉能不死?"己之所欲,施之于人"往往是行不通的。对照现实,对自己的孩子,对学生是不是也是用这种方式养育、教育呢?为此庄子给我们启示:"夫以鸟养养鸟者,宜栖之深林,游之坛陆,浮之江湖……"也就是告诉人们,尊重"鸟"之个性,要以养鸟之道养鸟,不能违反本性。

这一点在《马蹄》篇中表现得更为突出。有一"善治马"的伯乐,对"陆居则食草饮水,喜则交颈相靡,怒则分背相踶"的马,"烧之剔之,刻之雒之,连之以羁縶,编之以皂栈"。用烧红的铁器灼炙马毛,用剪刀修剔马鬃,凿削马蹄甲,烙制马印记,用络头和绊绳来拴连它们,用马槽和马床来编排它们,经过这一番折腾,结果,"马之死者十二三矣"。又接着,"饥之渴之,驰之骤之,整之齐之,前有橛饰(口衔笼络限制)之患,而后有鞭策之威"。这样一来,"马之死者已过半矣"。

教育中,我们有时候恰恰充当了戕害学生天性的"善治伯乐",难以做到以静观之心去尊重孩子们的天性。真正的"善治"应该是:不要以己教人,而要尊重受教育者的个性;要顺其天性,而不是灭天毁性。

"是故凫胫虽短,续之则忧;鹤胫虽长,断之则悲。故性长非所断,性短非所续,无所去忧也。"借助这个事例,庄子告诫我们:世界是差异而多样的,就像是凫的胫很短,而鹤的胫很长,但我们不能截长续短,使它们的胫变成同样的长度。自然界万事万物一切都要顺其自然。如果一定要改变它,那就会破坏自然,损害本性。同样,学生也是千差万别的,我们的教学要尊重差异性,千人一面是要不得的。

庄子通过"养虎者"警示我们,在教育学生时要注意抓住个体的特性。养虎者,"不敢以生物与之",目的是阻止虎扑杀活物时发怒,回归其暴烈天性;"不敢以全物与之",目的是控制虎撕咬整体时又发怒,恢复残酷的本能;虎有虎的饥饱时间,按时供给食物,目的是引导虎不因饥饿而发怒。虎性虽暴,顺之就可以使之媚人;养虎者不可不"戒之""慎之"。对待特殊个体的教育,我们不能不学习养虎者"顺"的艺术。

庄子还启迪我们"鞭其后者"。"善养生者,若牧羊然,视其后者而鞭之。"真正的善教者,就像牧羊人。牧羊人虽然拿着鞭子,但他对整个羊群都很和善。他的鞭子一定要落在最后的那只羊身上。我们的教育常常盯着"头羊",忽视或放弃"后者"。其实,优秀的学生是可以放手的,让班级最后面的那名学生加快脚步,整个团队就前进了。

庄子在《天下》篇中说道:"天能覆之而不能载之,地能载之而不能覆之,大道能包之而不能辩之。知万物皆有所可,有所不可。"天地与道尚且有所不能,万物更是如此。所以,"选则不遍,教则不至"。有所选择就有所淘汰,有所教则必有所不能教。

"天地有大美而不言,四时有明法而不议,万物有成理而不说。圣人者,原天地之美而达万物之理,是故至人无为,大圣不作,观于天地之谓也。"(《知北游》)庄子认为圣人之所以"不言""不议""不说",是因为通过探究天地伟大之美而通晓万物生长之理。故尊重、顺应"天地""四时""万物"所蕴含的规律,而不要妄加改造。

言不尽意,"意"不待教而明

庄子在《天道》篇中说,"世之所贵道者,书也。书不过语,语有贵也。语之所贵者,意也,意有所随。意之所随者,不可以言传也,而世因贵言传书。世虽贵之,我犹不足贵也,为其贵非其贵也。"在《外物》篇又云:"筌者所以在鱼,得鱼而忘筌;蹄者所以在兔,得兔而忘蹄;言者所以在意,得意而忘言。"

庄子认为,书上所载的不过是语言,语言确实有其可贵之处;其可贵之处,就在于它所表达的那种"意"。"意"有其所统领,即"道",统领"意"的"道"是不可用"言"来传达的。既然"言"不能尽"意",那么就不可拘泥于"言",而应通过"言"去捕捉"意";捕捉到"意"后,就可以忘记表达意的语言。在庄子眼里,"言"就是工具,我们学习"言"是为了"言"后面的"意"。受此启发,我们在进行文本解读时,就可以充分运用庄子的"言意"理论,探究文字语言后面的意。

这种"言不尽意"的情形,在诗歌鉴赏中也经常出现。诗歌的语言是特殊的,"只可意会不可言传""言有尽而意无穷"正是诗歌语言的特性,而"此中有真意,欲辨已忘言""悠然心会,妙处难与君说"也正是鉴赏诗歌时获得的意境。如果我们能够运用好庄子的"言意"理论,现实中的课堂还会经常出现条分缕析、肢解诗歌的现象吗?我们还会做"日凿一窍,七日而浑沌死"的事吗?

鲍鹏山在《庄子:在我们无路可走的时候》一文中说,"庄子是一棵孤独的树,是一棵孤独地在深夜看守心灵月亮的树。当我们大都在黑夜里昧昧昏睡时,月亮为什么没有丢失?就是因为有了这样一两棵在清风夜唳的夜中独自看守月亮的树。"

我们生活在东西文化相激荡的时代，激荡中最容易迷失本性。在探索教育现代化的道路上，我们曾有意或无意地把传统视为障碍和累赘而加以抵制或抛弃。然而事实证明，我们对过去和传统丢失得越多，对教育现代化的理解也就越有偏失。教育需要引入西方教育精华，但更需要承继我们悠久的东方文化精髓。

《庄子》无疑就是东方文化精髓之一。笔者希冀教育者从中找到更多的教育智慧，获得教育补偏救弊的良方。

《庄子》

孙通海译注

中华书局

2007 年 3 月出版

《三字经》的教育智慧

《三字经》是我国古代的儿童识字课本,成书大约在七百多年前的宋朝。

顾静先生对《三字经》如此评价:"三字一句"的形式简洁、抑扬顿挫,故而朗朗上口而易记易诵;简明赅备的内容则以短小的篇幅最大限度地涵盖中国传统社会的各种常识,提挈儒家文化的基本精神。

"先育人后教书"的理念贯穿全书,这点在当下"重教书轻育人"的背景下尤显价值

"首孝弟,次见闻。"启蒙教材首选孝和悌,然后才是见和闻。这种安排暗含着编者的教育理念。"先道德后知识",这也是传统中国教育思想的精义。反观当下教育也提倡德育为首,但在教材编写上体现不明显,很容易被架空。孝是中国传统文化所强调的最重要的美德之一。百善孝为先,孝敬是每个儿女应尽的义务,更是人类得以延续的命脉。没有孝,人类生命还会有长河吗?

古代人之所以把道德放在首位,强调做人首先要先过品德关,是因为人的知识越多,人的本事越大,那么对社会的贡献也就越大;反之品德不过关的人,掌握知识越多,做起坏事来危害也就越大。

先哲早就明白,道德是永恒的,而时代是变迁的。美好的道德不会随着时代的变迁而变迁,也不应该随着时代的变迁而有所变迁。历史证明,物质可以一日千里,可人类道德进步却是极其缓慢的。在物质极大丰富的时候,道德往往还会倒退甚至沦丧。"弑杀父母""弑杀老师"以及"三鹿毒奶粉"事件就是极好的例证。

道德是传统教育的灵魂,是立教之本。传统教育注重自我修养,注重气节与操守,强调道德责任、社会使命感和历史使命感。这对现代教育具有极大的启发,借鉴并传承传统道德教育对当下教育具有矫正作用。

《三字经》揭示了教育层次,首先是母亲教育,然后是父亲教育、教师教育

父母是孩子的第一任老师,其价值观将影响孩子一生。"昔孟母,择邻处",母亲的教育是第一位的,但《三字经》所昭示的不是知识教育,而是生活习惯、人格、道德的养成,关注的是后天环境对孩子成长的影响。在父亲教育中则强调父亲的尊严,父亲的尊严在孩子的教育中是不能缺少的。

反观当下家庭教育,父性教育缺失或异化,给孩子的精神发育带来不可逆转的伤害。针对这种现象,冉正宝先生撰文写道:"当我们看到父性教育仍停留在用金钱弥补感情亏欠、用严格管教履行职责的层面的时候,当我们看到物质世界越来越丰富而精神世界越来越贫瘠的时候,当我们嗅到空气中的胭脂味和铜臭味越来越浓时……父性教育的圣火也该传递了。"因为,"父性教育能播种精神火种,给予孩子摔倒了可以自己爬起来的精神支撑,迷途了可以自己寻找正道的精神向导,受伤了可以自己抚平创伤的精神慰藉"。

《三字经》的编者更讲究师道尊严,维护教师的绝对权威,因为尊崇

教师就是对教育的重视。在启蒙阶段,教师的首要职责是教育孩子们"亲师友,习礼仪",注重孩子们的"成人",在此基础上才是学习知识,进而突出了礼仪在教育中的地位。在贯彻"以生为本"的今天,强调尊师绝不是为"教师话语权"辩解,而是因为弱化教师教育现象的出现,在"非此即彼"的思维怪圈指导下,教师已成为弱势群体。

《三字经》提出了人为什么要接受教育,也就是教育的重要作用

《三字经》以最简洁明快的方式凝聚了最深厚的文化传统。开篇"人之初,性本善。性相近,习相远"不但蕴含丰富和深厚的文化内涵,涉及了人性本质的哲学问题,还为提出教育奠定了基础。古语云:"近朱者赤,近墨者黑。"古人是极为重视后天环境对人的影响的,因为后天的环境对人的熏染很大。如何解决"近墨者黑"的问题?编者认为教育是首选。"孟母三迁"的故事折射出社会环境对孩子的影响,也间接地表明教育对人成长具有良好的引导作用。这说明在"墨"的环境中教育更具有促人向善的作用。

《三字经》最善用的教育策略是用"讲故事"法来传播道理知识

《三字经》之所以能够流传千年,主要原因是编者采用了"故事法"。讲故事和听故事是人类情感交流最佳方式之一,儿童更是喜欢听故事,通过故事来满足其探究世界的心理。故事流传千年而不绝,故事里面蕴含的道德、哲理也随之流传。后人能记住孔融,是因为他四岁让梨的故事,而不是他的刚直耿介、一生傲岸。意大利作家亚米契斯所著《爱的教育》中的"每月例话"也是用故事来形象地教育孩子们。这种寓教于乐的教学方法值得我们学习并运用。

启蒙教材的主要内容和启示

《三字经》作为儿童启蒙教材颇显编者的匠心独运。内容言简意赅，用极为精练的两百多字讲述了一部完整的中国历史。易背易诵，有利于教师的教学。对教材内容先后顺序的安排，编者遵循了人类认知规律，由自然科学到人文科学。因为人类认识世界，先是认识自然，然后才是人文。正因如此，编者从天文地理和自然开始，并没有从人文的学科开始。在知识部分里，编者安排的教学内容首先是识数。编者运用数字介绍了日月星辰、天地人、四季运行、农牧乐器，介绍了人的七情、九族、美德。让后人叫绝的是，简简单单的数字中蕴含着丰富的人文思想和传统哲学观念。比如，"三才者，天地人"体现以人为本，这就有别于西方文化的"神为本"。"三纲者，君臣义。父子亲，夫妇顺"蕴含着爱、关切、道义、和谐。"曰春夏……曰南北……曰水火……本乎数。"这部分不但展现了古人对自然的认知过程，还包含着中国古代哲学的基础——五行学说。

通过对教学内容次第的分析，编者隐约告诉我们，读书先要通读儒家经典，方可涉猎诸子百家。

这种小中见大、平中见奇、深入浅出、循序渐进、潜移默化的教材编写智慧的确令我们佩服和敬仰。

《钱文忠解读〈三字经〉》

钱文忠著
中国民主法制出版社
2009年4月出版

问听思修是学习的不二法门

三伏天,避暑地,学习《索达吉堪布人生开示.1》。书中言:"能断:《金刚经》给你强大。"《金刚经》不仅仅是一部佛教经典,更是一部哲学著作。里面的人生智慧"无数无量无边",其效果"不可思议"。

作为一名教师,读《金刚经》首先读到的是有关教育方面的智慧,想到的是法布施,发起的是菩提之心,发现英才,开蒙启智,雨润桃李。

《金刚经》是须菩提和释迦牟尼的问答录。一问一答,金刚般若波罗蜜经诞生。

在舍卫国祇树给孤独园,佛祖和大比丘众一起于城中次第乞食,饭食讫,收衣钵,洗足已,敷座而坐。老师——佛祖已经端坐好,做好讲课准备。

此时,长老须菩提,在大众中,即从座起,偏袒右肩,右膝着地,合掌恭敬而白佛言。作为学生——须菩提,"偏袒右肩""右膝着地""合掌恭敬",这三个动作表明学生向老师请教的态度要"恭恭敬敬",既有动作"偏袒""着地""合掌",又有"恭敬"之态度。

如何上课?作为老师(佛祖)是"敷座而坐",即端正坐好。如今老师上课是站立,那自然也要站直。作为学生(须菩提)是"恭敬而白",即以恭敬之心向老师请教。学生向老师请教问题也应向须菩提学习,起立恭敬问老师。可是现实中有不少学生不起立、不举手,就向老师发问。

师端生恭,这是课堂的第一层要求。

须菩提虔诚恭敬地问佛祖:"云何应住?云何降伏其心?"佛祖回答:"汝今谛听,当为汝说。"学生有问题请教老师,作为学生还要认真听讲,所以作为老师的佛祖就格外强调学生要"谛听",要认真仔细听而不是这耳听那耳冒,要在听中生慧。

师讲生谛,这是课堂的第二层要求。

须菩提问,佛祖答,生问师答,这是一种方式。佛祖问,须菩提答,师问生答,这又是一种方式。

师生问答,这是课堂的第三层要求。在互问互答中,一种课堂境界就会产生。比如,侍坐,孔子和子路、曾点、冉有、公西华在一起问答。师生在问答之间,智慧的课堂就会油然而生。

反思我们的课堂,有没有师生问答?有,但是不理想,没有深度。常常是教师在满堂灌,学生被动地听。当然,形成智慧的课堂,也是需要师生各自的素质的。从教育角度看,只要教师肯下功夫,智慧课堂就会产生。因为学生是不断成长的人,我们作为教师,一定要相信,一定要有耐心。

《金刚经》第一品中,佛陀城中乞食,饭食讫,收衣钵,洗足已,敷座而坐。这是佛陀最平常的生活,但在最平常的生活中,也是严格要求自己的。其体现为,一是"次第",二是亲"乞",三是"敷座"而坐。特别是第三点,很多人常常忽视或忽略,也就是我们常说的"站有站相,坐有坐相",现代人称之为礼仪。课堂上,教师站,学生坐。但我们反思一下,教师的站相如何,学生的坐相又如何!佛陀洗完脚在法座上"端身正坐"。索达吉堪布上师开示我们,讲法、听法、修行时,身体的端直非常重要。藏传佛教历来都重视身体的姿势,不管是念经还是修行,都要求身体必须端直。身不正则气脉不正,气脉不正,记忆力和修行就会受到很大影响。我们可以想想,我们的课堂上,教师站得直吗?学生坐得端直吗?有没有坐得七扭八歪的?有没有趴在桌子上的?看来,新学期,上课的站姿和坐姿都要强调!

《金刚经》各品中,佛陀一而再地强调"受持"。"受",接受开示;"持",坚持去做。这里面还有个大前提就是"信"。在最后一品中,有"信受奉行"四字语作为这部经的总结语。在教育上,虽说学生是有一定的主观能动性,我们的教育理念也是在倡导自主学习,但是在受教育阶段,作为学生还是首先要"信受奉行",在这个过程中,不断地走向自主学习。教师的教,除了教知识,教会学生主动学习自然是教之要旨。

作为教师,要使学生相信教师,相信教育,相信知识。具体到课堂上,要教育学生相信老师的"教",在老师"教"的过程中,学会学习。相信老师,接受老师,还要按照老师所说的去做,阳奉阴违或是不去做或是做得不彻底,其学习结果必定与"持者"大相径庭。

如何做到"受"?佛陀在第三十一品中开示我们:于一切法,应如是知,如是见,如是信解。

佛教常言"戒定慧"。"戒"是"定"的前提,"定"是生"慧"的前提。"戒",应用到课堂就是遵守课堂纪律,去掉各种私心杂念,进入"定"的境界,即聚精会神听讲,这样的"定"能生慧。

学生进入"定"的境界,要想生慧,佛陀开示我们"闻所生慧、思所生慧、修所生慧"。

"眼耳鼻舌身意",感觉器官对应的是受想行识,通俗地讲即见闻思行。人类学习,首先是"听"。人有双眼,只能看前看左右但不能看后;而"耳"却能够听前后左右上下四面八方。佛陀开示我们,在老师面前,要通过听闻来了知这个知识世界,即闻所生慧。所以老师为什么一直在强调要"认真听讲",作为将要奔五的人,我至此才彻底明白。

上课认真听讲之后,还要反反复复在心里思维,也就是要消化老师所讲的内容,把老师讲的变成自己的,要明白学习规律,要学得明白,想得贯通。这就是佛陀所说的"思所生慧"。

听思之后,还要修。为什么呢?我们都有这样的经验,上课学习听得很明白,但没过一天或是几天,又忘了。学习这东西可不是一劳永逸的,是需要再三修持的,即要温习、要练习、要巩固的。反复思考反复巩固,最终获得牢固的知识和能力。

问,听,思,修,这就是《金刚经》给我们的法布施!

《索达吉堪布人生开示.1》
索达吉堪布著
甘肃人民美术出版社
2013年5月出版

她们在岁月深处熠熠生辉

当我们把目光极力投向西方教育的时候,千万不要忘记回眸,我们历史上那些有"真精神、真风骨、真魂魄"的书院,她们像璀璨的恒星在历史的星空深处熠熠生辉。

沿历史河流,我们去找寻。

白鹿洞书院位于江西庐山五老峰南麓,唐代隐士李渤曾在此隐居读书,养白鹿自娱,人称"白鹿先生",白鹿洞因此得名。宋初置书院,成为宋初四大书院之一。南宋淳熙六年(1179),朱熹任南康知军,复兴白鹿洞书院,自此书院被后世学者誉为"天下书院之首"。近代学者胡适更是认为,在中国文化史上,白鹿洞书院"代表着中国近代七百年的宋学大趋势"。朱熹的《白鹿洞书院揭示》,卓越地把教育理想、人格修养、学习方法、教学要求以及学术研究融为一体,为中国教育的发展奠定了基本的价值体系和办学规范。

朱熹邀论敌陆九渊来院讲学,话题是《论语》中的"义利之辨",陆九渊的讲学令听讲者无不动容,至有泫然泣下者。连朱熹也认为演讲"切中学者痼疾",当即表示,"熹当与诸生共守,以无忘陆先生之训"。

朱熹是宋代理学的集大成者,他提出的"存天理、灭人欲"哲学主张,在物欲横流的当下,别有深意。

岳麓书院在海内外享有"千年学府"之盛誉，是因其学术传统悠久，文化积淀深厚，是因其有千余年办学历史上的灵魂人物张栻。

南宋著名理学家、教育家张栻主持岳麓书院期间，进行诸方面改革。他旗帜鲜明地反对书院成为科举应试的附庸，提出"传道以济斯民"的办学宗旨，改革了传统单一教学方法，提出了"循序渐进""博约相须""学思并进""知行互发""慎思审择"等教学原则。

张栻特邀朱熹来院讲学，开创了不同学派同堂会讲、自由论辩的讲学风气。朱熹自福建崇安千里迢迢来到岳麓书院，与张栻朝夕研讨学术，并一同登坛讲学。"朱张会讲"吸引各地学者千余人来此观摩，书院"一时舆马之众，饮池水立涸"，动人景象为人乐道。

清代"一代鸿儒"王文清手订《岳麓书院学规》，海内盛传，学界尊奉，其中"时常省问父母""举止整齐严肃""不可闲谈费时""读书必须过笔""疑误定要力争"等学规，后生者定要遵循。

惟楚有材，于斯为盛！

嵩阳书院摄中岳之灵气，开宋学之源流。与岳麓、白鹿洞、应天书院并称"天下四大书院"，一代学宗司马光、李纲、范仲淹等纷纷在此讲学，司马光还在此编撰了历史巨著《资治通鉴》。嵩阳书院是宋代理学奠基人程颢、程颐兄弟"置散投闲与群弟子讲学"之地，故而成为宋代理学的发源地。

程颢因反对王安石变法遭罢黜而回洛阳聚徒讲学，求学者纷纷慕名前来求教。他提出教育的目的在于培养"圣人"的理想人格，"君子之学，必至圣人而后已"。程颢为人以诚敬为本，待人亲和平易，学生随他学习常有"如坐春风"之感。他平生不慕虚名，述而不作。

程伊川与兄程颢共创"洛学"，一生主要在讲学中度过。在修身的具体方法上,订有著名的《四箴》,为学者所推崇。他指出,"学校礼仪相先之地,而月使之争,殊非教养之道"。当下读之真乃振聋发聩。程颐为人之道与其兄迥异,严肃刚毅,议论褒贬,不留情面。

如今,书院中曾经受汉武帝敕封的"将军柏",树龄已有4500多年。

山以人显,人以山名。南宋理学大师陆九渊在淳熙十四年(1187)登临江西贵溪"陵高而谷邃,林茂而泉清"的应天山,远眺烟霞,俯瞰泉流,乐而忘返,于是在此山间筑"精舍"居住。因爱此山气象恢宏、禀性仁厚,改山名为"象山"。"象山精舍"就是被后世称作南宋四大书院之一的象山书院。陆九渊在此"揭升讲座"五年,求学者多达数千人,其所创立的"心学"与朱熹的"理学"并起峙立,声闻著天下。陆九渊的教学方法与众不同,既有严肃认真的升堂讲说,又有富于启发性的随时点拨,还包括颇似禅宗"机锋"的谈话教学,以使学子"无不感动兴起""感激奋砺",切己改过迁善。

万木草堂因是戊戌变法领导人康有为、梁启超讲学之所而名声远播。丽泽书院留有吕祖谦主盟,朱熹、陆九渊等人"鹅湖之会"的千古佳话。白鹭洲书院以培养出"人生自古谁无死,留取丹心照汗青"的文天祥而著名。东林书院以顾宪成所撰"风声雨声读书声声声入耳,家事国事天下事事事关心"闻名于世。

姚江书院的"做人教育",钟山书院的"礼聘名师制度",学海堂的"导师制",南菁书院的"自修与研究"精神,复性书院的"独立办学",对当今高等教育改革大有裨益。

书院最盛于北宋南宋,有三百余家。清代书院数量远胜前代,然因受官府严格控制,大多沦为科举考试的附庸,宋明私家讲学的书院风气至此凋零殆尽。随着近代学堂兴起,书院由衰而废。书院已逝,但书院矢志不渝追求做人教育的理想，旗帜鲜明地反对功利主义教育，其所取得的教育成就，足为今日教育发展之镜鉴。

《中国历代书院学记》
王涵主编
首都师范大学出版社
2010年11月出版

深深怀念那温馨的教育情怀

"不是花中偏爱菊,此花开尽更无花。"(元稹《菊花》)读罢《过去的教师》这难得的精品,那人、那事、那时,似乎已成为遥远的绝响了!在喧嚣逼仄的当下,"如此幸福的旧日子"是多么令人悠然神往!

读着"雪泥鸿爪"的文字,这群形象饱满,洋溢着真性情、真灵性的"太老师"跃然纸上,真是"如闻其声,如见其人"。

周士菜先生,"布衣布履,纤尘不染,走起路来目不斜视,迈大步昂首前进,几乎两步一丈。讲起话来和颜悦色,但是永无戏言";上课修身极为认真,就连"谁的笔记本子折角卷角"都要"申斥"。(梁实秋《我在小学》)

巢筱岑先生外表"土气","刺猬般的头发,老式得可笑的黑边眼镜,找不到黑板擦时用以擦黑板的袖子,以及满布油迹的旧蓝布大褂",但一上讲台,这一切"全部从你眼前消失了","你所能看到的就只是那全力以赴、全神贯注的炯炯双目,所能听见的就只是那铿锵有力、包含着全部心血和生命的讲课声"。(孙开远《长忆吾师》)巢先生"不是用知识和道理讲课,而是用他的全部生命在讲课",因而有一种不可抗拒的犹如磁石般的征服力。

孟志荪先生上课激情澎湃,"任何人听他的课,都会被他吸引,感情随他的指向而回荡起伏,进入秦汉和唐宋诗文的境界,下课铃响后才如梦初醒,回到现实。这也许就是演员所谓进入角色。孟老师的讲课,的确有使你进入角色的神功,或议论时事,或臧否人物,或抒发感情,或嬉笑怒骂,都非常生动"。(朱永福《激情孟夫子》)当讲到遭遇不幸的作者,孟先生"有时真可以说声泪俱下",甚至"几乎哽咽起来"。

程廷熙先生是张维的恩师,因"鼻子大,又有些鹰钩",学生们给他起了个外号叫"程大鼻子"。"一口皖南口音,但讲课时口齿却非常清楚。"程先生的板书好,"尤其是画的几何图非常规矩。他画图时,先定好圆心,一笔下来,一定是一个闭合的圆,几乎与用木制的大圆规教具画得一样"。

钱穆大师的国文先生童斐(字伯章)老师,"庄严持重,步履不苟,同学以道学先生称之。而堂上则俨若两人,善诙谐,多滑稽,又兼动作,如说滩簧,如演文明戏"。

让季羡林一生难忘的班主任李老师,"非常诚恳忠厚,朴实无华,从来没有训斥过学生,说话总是和颜悦色,让人感到亲切"。让楼适夷铭记的第一位恩师任友曾先生,"很少疾言厉色,说话和和气气,却使学生见了又害怕,又亲切",在学生冒险学习"飞檐走壁"时"临危若定"。第二位恩师"老胴头",灯下通宵为学生改作文,怕妨碍学生睡眠,用一扇小屏风遮住烛光。今日读之,仍令人感动难忘!

还有金克木笔下的"一听摇铃,不论讲完话没有,立即下课",从不拖堂的校长老师;张清平笔下的"穿一件竹布长衫,略蓄短须,看到学生眯着眼睛微笑"的"妈妈教师"夏丏尊;梁实秋笔下的形象奇、性格怪、脾气大,但心地却善良的"徐老虎"老师。

更有"循循然善诱人""板书打草稿"的陈垣夫子;板书"端正、工整、雄健、朴拙"如碑帖的陈霖孙老师;"不是当众批评,而是深深一鞠躬"实行人格感化的李叔同;言传身教的齐白石;"情感特富特重",有"真性情真灵慧"的燕园名师顾随先生；个人性情绚烂到极致的"性情中人"刘文典先生；为真理而认真，"给我开灯"的吴宓教授……"太老师"们的风采真是异彩纷呈，人性饱满，元气淋漓。

"朗读文章，这才是语文老师最见功底也最显才情的事。读得好，文章就成了老师'自己的'了，学生就能把老师看成是作者，这是语文教学成功的一大秘诀。甚至可以说，'不会朗读文章的语文老师是不合格的'。"（商友敬语）

"徐先生介绍完作者之后，朗诵全文一遍。这一遍朗诵很有意思。他打着江北的官腔，咬牙切齿地大声读一遍，不论是古文或白话，一字不苟地吟咏一番，好像是演员在背台词，他把文字里蕴藏着的意义好像都宣泄出来了。他念得有腔有调，有板有眼，有情感，有气势，有抑扬顿挫，我们听了之后，好像已经理会到原文意义的一半了。好文章掷地作金石声，那也许是过分夸张，但必须可以琅琅上口，那却是真的。"（梁实秋《我的一位国文老师》）

王元骧在《我们当年学语文》一文中追忆当时听课的心情和感受："戴先生的声音也很优雅安详，就像一股山间的清泉，幽幽地流淌出来，滋润着我们的心田，使我们像是沐浴在春风之中，感受到一种生命复苏的喜悦。我感到自己好像是一棵吸足了甘泉和阳光的小草，似乎一下子长高了不少。"

作文是语文的半壁江山。如今的作文教学似乎陷入了困境，而"太老师"们为当下作文教学提供了可借鉴的案例。

批改作文，是许多语文老师最感头疼的事。但夏丏尊却"轻松自如"，"他眼光犀利，对于许多人看了摇头的文章，一眼就能看出其主要毛病所在……先生着重于'批'，而只对用词不当的地方加以修改。这样，既避免了将批改者自己的意思强加于作者的错误做法,且使写作者懂得文章毛病之所在,逐步由'不通'转向'通顺'。这比偏重'修改',当然要高明得多了"。(钟子岩《夏丏尊在春晖》)

而"徐先生之最独到的地方是改作文。……他最擅长的是用大墨杠子大勾大抹,一行一行地抹,整页整页地勾;洋洋千余言的文章,经他勾抹之后,所余无几了。……他的大墨杠子打得是地方,把虚泡囊肿的地方全削去了,剩下的全是筋骨"。(梁实秋《我的一位国文老师》)可见改文章的本事不在别处而在于删,诚如鲁迅所说:"竭力将可有可无的字句段删去,毫不可惜。"

掩卷沉思,眼前飞扬着一个个"太老师"鲜活的面容,他们犹如历史天空上的星星,闪烁着智慧的光芒;又如深山幽谷中的清泉,明亮而透彻。

追随着这些"太老师"们,我走进了历史的深处,春晖中学、南开中学、北师大附中、扬州中学、天津耀华……那是一个至今犹令人回望不已的美丽时代。

私立春晖中学的创办人是近代著名教育家经亨颐。经亨颐依其"哲人统治之精神自谋进行"思路办学,其兴学目标是:发展平民教育,培养有健全人格的国民。经亨颐认为中国的教育是一种"铸型教育"。针对其弊端,他倡导学校教育与社会教育相结合,即"以社会教育个人,以个人教育社会"。其全新的教育理念犹如引力巨大的磁场,吸引得象山脚下、白马湖畔一时间群星璀璨,群贤毕至。正因为有了这"立人的教育",才有了夏丏尊的"爱的教育",朱自清的"有信仰的教育",丰子恺的"美的教育",匡互生的"感化教育"。正因如此,这所乡村学校才光耀华夏。

如今,漫步春晖中学校园,我们能见到经亨颐的铜像和墓碑;徜徉上虞白马湖畔,我们能见到夏丏尊住过的"平屋"和丰子恺住过的"小杨柳屋",但这些却都化作历史的记忆。当年,"吃酒！铜钿少用些！早些回校！"夏丏尊殷殷的叮嘱声只能在历史的时空中回荡……

追忆似水流年,南开中学校长张伯苓认为学校不是"贩卖知识之商店","求学为何？学为人而已",所以教育当以陶冶人格为主;北师大附中校长林砺儒认定"理想的中等教育,是全人格的教育,决非何种职业之准备";治校极严的天津耀华学校校长赵君达,每天早晨都在大门口迎接师生;颇有蔡元培先生遗风的晋察冀边区联中郝校长信任教师,从不干涉老师的教学……

独立岁月的长河岸边:过去的精彩依然璀璨,美丽幸福的日子并不遥远难寻,只要我们把"教育的根"留住！

《过去的教师》
商友敬主编
教育科学出版社
2007年11月出版

第五辑

阅读，学会哲学思辨

要想解决自己教育中的问题，要想教学生用哲学的思辨意识去思考问题，教师就要先具备一定的哲学思辨意识和能力。那么，如何拥有哲学思辨意识和能力？无他，唯有读书，学会与哲人对话。用心灵唤醒心灵，用思想点燃思想。

注重孩子的心灵培养

——与马克思对话

让人的一切天赋得到充分发展

问:学校教育应该是德、智、体、美、劳全面发展的教育,可现实生活中,有些学校的教育只剩下"智",甚至窄化到"分数",您能在哲学层面上给我们指点吗?

马克思:好的。教育的终极目标是为了实现人的全面发展。每个人的自由发展又是一切人的自由发展的条件。我希望每个人都能得到自由而全面的发展,且人的个性发展与人的全面发展是相容的。

人的全面发展是我一生始终关注的一个重要问题。人的全面发展就是个性的充分发展,就是让人的一切天赋都得到充分发展,就是使自己先天的和后天的各种能力都得到自由发展。人的全面发展就是每一个人都无可争辩地有权全面发展自己的一切才能。无论是体力、智力,还是才能和志趣都得到发展,且人的自主性和独特性都能够自由发展。

人类的幸福和自身的完美统一

问:暑假将至,又到了就业高峰时节。面临就业,人们都会考虑自己的前途。有的人希望出国,有的人热衷考公务员,有的人想进大公司,也有人想自己创业。在选择自己职业的问题上,我非常想听一听您的选择。

马克思:每个人都会有自己的目标,且从内心深处认为这个目标是伟大的。但人也容易被虚荣心、功利、幻想、冲动所迷惑而失去理智,因此选择职业时要有清醒的头脑、严肃的态度。如果生活的条件容许我们选择任何一种职业,那么我们就可以选择一种能使我们最有尊严的职业,选择一种建立在我们深信其正确的思想上的职业,选择一种给我们提供广阔场所来为人类进行活动的职业。

这里我要特别强调一点,我说的尊严就是最能使人高尚起来、使他的活动和他的一切努力具有崇高品质的东西,就是使他无可非议、受到众人钦佩并高于众人的东西。

在选择职业时,我们应该遵循的主要指针是人类的幸福和我们自身的完美。因为,人类的天性本身就是这样的:人们只有为同时代人的完美、为他们的幸福而工作,才能使自己也过得完美。

如果一个人只为自己劳动,他也许能够成为著名的学者、大哲人、卓越诗人,然而他永远不能成为伟大人物。如果我们选择了最能为人类幸福而劳动的职业,那么,重担就不能把我们压倒,因为这是为人类而献身。那时,我们所感到的就不是可怜的、有限的、自私的乐趣,我们的幸福将属于千百万人。

周末放下工作,听孩子"指挥"

问:您是伟大的思想家、革命家、科学家,工作一定很繁忙,但您又是一位父亲,对孩子的教育也一定有独特的方法。中国的父母能否分享您的家庭教育经验?

马克思:教育始于家庭。在家庭教育中,父母是儿童的启蒙之师,不仅要抚养孩子,而且要教育孩子。我更注重的是孩子心灵的培养。作为父亲,要温和、宽厚、慈祥。对待女儿就像对待大人一样,不发脾气、不命令、不摆架子、不强迫,要做孩子忠实的朋友和亲密的伙伴。

每逢星期天,我再紧张繁忙也要放下工作,听孩子们"指挥"。我和孩子们一起玩"海战"游戏,我会扮作一匹马,驮着孩子们玩;我给孩子们讲精彩迷人动听的故事,给孩子们背诵莎士比亚的精辟生动的语句;我带着孩子们去郊外尽兴愉快地游玩,让孩子们接受大自然的熏陶;在郊游归途,我除了讲自编的故事,还和孩子们一起唱民歌、跳舞。

游戏、讲故事不只是为了使孩子们心情舒畅,愉快活泼,更重要的是启发教育孩子们懂得一些生活的道理。

所以说,孩子是人类的未来,而家庭教育恰恰是教育人的起点和基点。

教育的本质是心灵唤醒心灵

——与雅斯贝尔斯对话之一

教育是要触及灵魂的

问:"教育是什么?"从古至今,众说纷纭。说它简单,简单得不能再简单,一言能概之;说它复杂,复杂得不能再复杂,就是抓破脑袋也理不出头绪来。作为哲学家、教育家,您的答案是什么?

雅斯贝尔斯:简言之,教育是人的灵魂的教育,而非理智知识和认识的堆集。何谓教育?不过是人对人的主体间灵肉交流活动(尤其是老一代对年轻一代),包括知识内容的传授、生命内涵的领悟、意志行为的规范,以及通过文化传递功能,将文化遗产教给年轻一代,使他们自由地生成,并启迪其自由天性。

何谓人?我所说的"人"是指人的生命本质。人的生命既具有自我更新、自我选择、自我变异以及新陈代谢的自然属性,还具有不满足于现状而是在自由的意志下不断地自我超越,靠后天的活动来滋养的超越性。虽然教育离不开知识,但真正的教育是用知识来充盈于人,服务于人,启迪人心,而绝非把人变成贯彻某种知识的工具。

真正的教育绝不容许死记硬背,也从不奢望每个人都成为有真知灼见、深谋远虑的思想家。教育的过程是让受教育者在实践中自我练习、自我学习和成长,而实践的特性是自由游戏和不断尝试。通过教育使具有天资的人,自己选择决定成为什么样的人以及自己把握安身立命之根。

谁要是把自己单纯地局限于学习和认知上,即便他的学习能力非常强,那他的灵魂也是匮乏而不健全的。如果人要想从感性生活转入精神生活,那他就必须学习和获知,但就爱智慧和寻找精神之根而言,学习和获知对他来说却是次要的。

教育只能根据人的天分和可能性来促使人的发展,教育不能改变人生而具有的本质。但是,没有一个人能认识到自己天分中沉湎的可能性,因此需要教育来唤醒人所未能意识到的一切。

教育的衰落意味着人类的衰落

问:在中国有一个奇怪的现象——中国学生在数学、物理等国际竞赛中屡获大奖,但至今科学方面的诺贝尔奖获得者仅一人。"钱学森之问"也引起了教育界的广泛谈论和思考。对此,您能否从教育角度给我们解读一下?

雅斯贝尔斯:教育的正向作用巨大却有限。由于教育是一项极其复杂的活动,一个人必须一步步地接受严格的、长期的培养才能获得成绩,同时这种正向作用的发挥比较缓慢,教育投入不像经济的投入那么立竿见影,其效益具有滞后性。

恰恰相反,教育的负向作用更是巨大而无限。教育决定着未来人类的生存,教育的衰落意味着人类的衰落。教育方面的失误是对未来影响的开端,所以,从长远来看,对教育的疏忽而引起的反响比任何其他因素要更大。

假如明智的政治家在本质上是个大教育家的话,假如他尽其精神力量并顺应教育天赋行事,则依靠新一代人的复兴必能实现。

所以我说:谁真正重视教育,谁就拥有未来!

不要追随我,要追随你自己

问:现实的教育常将学生置于被动的地位,当作容器而机械地灌输,这样不利于学生整体精神的成长,这样的教育培养不出真正的人。您认为如何修正这种跑偏的轨道?

雅斯贝尔斯:创建学校的目的,是将历史上人类的精神内涵转化为当下生气勃勃的精神,并通过这一精神引导所有学生掌握知识和技术。这是"本源",唯有正本清源,教育这趟列车才会走上正轨。教育绝不是"耳提面命",不是役使,不是教训,甚至也不是"塑造",更不是任意的"改造"。

我一直认为真正的教育是自我教育。教育者的使命是把受教育者引到自我教育的道路上去。教育的过程是让受教育者在实践中自我练习、自我学习和成长,而非强求一律。真正的教育总是要靠那些不断自我教育以不断超越的教育家才得以实现。他们在与人的交往中不停地付出、倾听,严格遵循理想和唤醒他人的信念,以学习的方法和传授丰富内容的方式找到一条不为别人所钳制的路径。教育绝不能按人为控制的计划加以实行。教育计划的范围是很狭窄的,如果超越了这些界限,那接踵而来的或者是训练,或者是杂乱无章的知识堆集,而这些恰好与人受教育的初衷背道而驰。

为此,我要求我的学生"不要追随我,要追随你自己"。

教育是师生主体间自由交往的过程

——与雅斯贝尔斯对话之二

从不给学生现成的答案

问：教育的方式，如果泛泛而言可能有百种千种，但究其实质无非是外铄和内发两种。对此您主张教育应该采用什么方式呢？

雅斯贝尔斯：我反对逼学生学习，因为所有外在强迫都不具有教育作用，相反，对学生精神害处极大。

我欣赏苏格拉底式教育。从教育的意义上看，教师和学生处于一个平等地位。教学双方均可自由地思索，没有固定的教学方式，只有通过无止境的追问而感到自己对绝对真理竟一无所知。因此，教师应该激发学生对探索求知的责任感，并加强这种责任感。也就是说唤醒学生的潜在力，促使学生从内部产生一种自动的力量，而不是从外部施加压力。这不是发挥学生凭偶然机会和一时的经验所表现出来的特殊才能，而是使学生在探索中寻求自我的永无止境的过程。

苏格拉底式的教师一贯反对做学生的最大供求者；教师要把学生的注意力从教师身上转移到学生的自身，而教师本人则退居暗示的地位。师生之间只存在善意的论战关系，而没有屈从依赖的关系。教师有自知之明,并要求学生分清上帝和世人。

苏格拉底主张经验不是知者随便带动无知者,而是师生共同来求真理。这样师生可以相互帮助,互相促进。师生在似是而非的自我理解中来找难题,在错综复杂的困惑中被迫去自我思考,教师指出寻求答案的方法,提出一连串的问题,而且不回避答疑。

苏格拉底从不给学生现成的答案,而让学生自己通过探索去做结论。他让那些自以为是的人意识到自己的无知,并让他发现真知,因此人们从内心深处得到那些自以为还不知道,实际上都早已具有的知识。因此可以说,知识必须自我认识,自我认识只能被唤醒,而不像转让货物那样。

师生都该有独立的思考能力

问:对"师生关系"定位是当下人们讨论的一个热点,这个定位也关乎人们对教育过程本质的认知,进而影响到教育效果的发挥。您能给"师生关系"一个准确的定位吗?

雅斯贝尔斯:我愿意尝试回答您这个问题。首先,教育是师生主体间自由交往的过程。人都是自由的,但个体的自由只有在和他人的交往中,在与他人的自由联系中才能实现。有了这种交往,人就能通过教育既理解他人和历史,也理解自己和现实,就不会成为别人意志的工具。作为自由交往过程的教育,没有权威和中心存在,体现的是师生之间的平等关系。教育者不能无视学生的现实处境和精神状况,而认为自己比学生优越,因而对学生耳提面命,与学生不能平等相待,甚至不向学生敞开自己的心扉。

在一所成功的学校里,每一个成员必定都有独立的思考能力,而老师与学生之间的关系是互不依赖的,否则,学生对某些事情就会趋向于采用权威性的意见,而为了反对其他学派而攻击对方,或者缺乏必要的沟通而接受勉强的意见,从而变得温顺或盲目崇拜。

要做到这些,最关键的是教师要具有独立之见解和追求。因为,他在学生中所发生的作用是极大的,同时,他在教室里有对自身负责的自由。哪里能找到真正的生活,而不是被官僚计划者和学校君主控制的令人憎恶的生活,哪里就有充满着精神的内容。

教学试验不能没完没了

问:回顾历史,我们发现在经济、政治领域经常会发生危机。在教育领域,您认为会发生危机吗?

雅斯贝尔斯:我不敢说当代教育一定会发生危机,但我肯定当代教育已出现下列危机征兆:非常努力于教育工作,却缺少统一的观念;每年出版不计其数的书籍,教学方法和技巧亦不断花样翻新。每一个教师为教育花费的心血是前所未有的多,但因缺乏一个整体,却给人一种无力之感。

此外,就是教育一再出现的特有现象:放弃本质的教育,却去从事没完没了的教学试验、做一些不关痛痒的调查分析,把不可言说之事用不真实的话直接表述出来,并不断地更换内容和方法做种种试验。比如,为评职称而"制造"的课题,为当"某某家"主编的或是写的专著。如此这般,就好像人类把好不容易争得的自由花费在无用的事物上。自由变成了空洞的自由。请问,从虚无中能变出什么东西来吗?

鲜活的知识才有生命力

——与怀特海对话之一

纯粹的知识教育要不得

问:素质教育一直是我们积极倡导的,但事实上,从中小学一直到大学,知识教育(应试教育)依然占统治地位。对此,您有何评论?

怀特海:我极力反对这样的知识教育。完整而健全的教育不应当只是一种知识教育,而应当是一种包括知识在内的文化教育。从这个意义上说,知识教育有三大弊端:将僵硬的知识作为教育的唯一内容;教育过程非人性化;学习过程变机械化和格式化。这样就从根本上切断了知识与相应文化、教书与育人、读书与做人之间的内在联系,教育效果大打折扣。

教育应该是一种充满文化精神、浸透了浓厚文化气息的专业知识教育,这种教育是与纯粹的知识教育根本不同的,它是知识教育的延伸、拓展和升华,目的是要使知识回归其文化,使教育回归其本性,从而让知识教育更加人性化并更加富有成效。要让学生受到包括各种知识在内的整个人类文化的熏陶,成为真正意义上的全面发展的人。

要使知识充满活力

问:据一则报道说,我们国家自1977年恢复高考制度以来的历届各省高考"状元",在国内做出突出成就的几乎没有;学生出国后,学习考试成绩都比较高,但做出创造性贡献的却很少。就这一现象请您给做一评判。

怀特海:这也许就是你们著名的"钱学森之问"所要寻找的答案吧。我个人认为缺乏创新能力是根本原因。教育活动需要知识,但更需要对知识进行灵活运用,激发出新的创新成果。要使知识充满活力,不能使知识僵化,而这是一切教育的核心问题。

知识存于智慧中

问:对多数教育者和受教育者来说,在知识和智慧、知识和能力的关系上,人们总是把前者看得重于后者。这是为什么呢?

怀特海:我认为主要原因是人们对"知识"的理解还不够全面透彻,对"知识与智慧""知识与能力"的关系还没有准确定位。

教育的全部目的就是使人具有活跃的智慧。教育是教人掌握如何运用知识的艺术,这是一种很难传授的艺术。所以说,单纯传授知识并不是教育的目标。知识本身也并不是学习的第一目标,而获取知识的方法才是。

空泛无益的知识是微不足道的,不能加以利用的知识是有害的。只有那些能够和人类的感知、情感、欲望、希望,以及能够调节思想的精神活动联系起来的知识,才是有价值的。知识的重要意义在于它的应用,在于人们对它的积极掌握,即存在于智慧之中。知识的价值完全取决于谁掌握知识以及他用知识做什么。要努力使这些知识对现实有即时的重要意义,就像刚从大海里捞出来的鱼一样新鲜地呈现在学生的面前。

从某种意义上说,随着智慧的增长,知识将减少。

我非常希望你们铭记于心的是,虽然智力教育的一个主要目的是传授知识,但智力教育还有另一个要素,比较模糊却更加伟大,因而也具有更重要的意义:古人称之为"智慧"。你不掌握某些基本知识就不可能聪明,但你可以很容易地获得知识却仍然没有智慧。

频繁考试可能扼杀文化精华

问:考试本应是学校进行教学评价的常规手段,过去每学期只有两次,期中和期末。可不知从何时起,考试成了"非常规"手段,次数增多,频率加快,毕业班更是"题海+考试",似乎是没有考试就没有教学,人为地把考试推向极致。您怎么看?

怀特海:我反对教学中指向不明的大量考试,我尤其反对脱离学校具体需要的校外统一考试。这样的考试会给学生带来毁灭的痛苦,除了造成教育上的浪费,不可能有任何结果,只能是"扼杀文化的精华"。那些沉迷于考试和以分数排队(学生排队、教师排队、学校排队),反复组织统考、不断印制试题的人们,是否求实地细想一下,这种工作的实际意义到底有多大呢?

让孩子感受到发现世界的喜悦

——与怀特海对话之二

要引导学生走上自我发展之路

问:"培养什么样的人",在不同历史时期、不同国家和民族都有不同的衡量标准。但在教育的"目的"中,仍存在着人类共同追求的东西。您认为这"东西"指什么?

怀特海:这个"东西"是指创造精神。学生是有血有肉的人,教育的目的是为了激发和引导他们的自我发展之路。当我们将目标定位为"人的自我发展",那么在学习伊始,孩子就应该感受到发现世界的喜悦。当学生成为"既能很好地掌握某些知识,又能出色地做某些事情"的人时,智慧就会产生;当学生成为"具有人文精神和审美能力"的人时,创造就有了丰厚的土壤。

把教育的对象定位为有血有肉的人,也意味着把教育的逻辑起点定位在血肉丰满的个人层面。很显然,如果忽略或是没有抓住这个逻辑起点,我们所进行的教育都是无效的。

让学生借助树木认识森林

问:在教学生涯中,我逐渐感觉学科之间存在着壁垒,各自为政,大搞独立王国。其实,学科之间一定有关联性,就像五指和手掌的关系,我们大多是只关注手指的"独树一帜"而忽略手掌。请您给进一步廓清。

怀特海:我极力主张的解决方法是,要根除各科目之间那种致命的分离状况,因为它扼杀了现代课程的生命力。

我反对统一的、刻板的,把各门学科割裂的教育体制和教学方法。教育需要解决的问题是使学生通过树木看见森林,而不能"见木不见林"。各门学科的知识是相互贯通、相互联系甚至相互融合的,在学习中不存在一种课程仅仅传授普通的文化知识,而另一种课程传授特殊的专业知识。各门学科的方法具有通用性,要通过教育使学生掌握一般的思维方法、思维艺术,并能把这种方法的通用性创造性地运用于特定学科。

我还要重申:不管学生对你的课程有什么样的兴趣,这种兴趣必须在此时此刻被激发;不管你要加强学生的何种能力,这种能力必须在此时此刻得到练习;不管你想怎样影响学生未来的精神世界,必须现在就去展示它。这是教育的金科玉律,也是很难遵循的一条规律。教育的成效就在于让学生借助树木来认识森林。

一定要重视教育的两条戒律

问:在新课改中,我们发现课程太多,虽说多元但也带来一定的副作用。现在的学生,所学科目之多,让人瞠目结舌,学生学习过程自然像蜻蜓点水,其结果只能大致了解一些皮毛。您怎么看这种现象?

怀特海:我们一定要重视教育的两条戒律:不可同时教授太多的科

目;所教的科目务须透彻。

学校同时开设大量的科目,在众多的科目中教师们只能选择一小部分进行教授,每个科目都只能够蜻蜓点水。其结果是学生被动接受许多不相干的知识,不能激起任何思想的火花。

当下的教育,其实就存在这样的问题。从学生的全面发展出发,设置了大量的学科,让学生同时来学习,但因为时间的限制,每门学科一周所用课时又不充裕。目的是好的,但却很少去思考:设置的这些科目,也仅仅是浩瀚的文化宝库中的一丁点内容,本身就是不全面的。教育改革不应只增加科目啊!

但愿那些还在迷梦中的教育者惊醒:教育只有一个主题,那就是五彩缤纷的生活!

如果教育能让学生在五彩缤纷的生活中,获取知识,运用知识,发展思维,习得智慧,那么,教育所传达的就是思想的力量、思想的美妙和思想的逻辑。这无疑是一种深刻的认识。

思想精髓片语

1. 思辨哲学的目的就是要努力构建一个首尾一致的、合乎逻辑且又必要的一般观念的体系,依据这一体系,我们经验中的每一成分都可得到解释。

2. 哲学是对抽象的说明,不是对具体的说明。

3. 通过提供一般概念,哲学应当使人们对潜藏在自然母腹中的那些尚未变为现实的无数具体实例的认知变得更容易。

4. 恰当的检验不是最终的检验,而是过程的检验。

5. 判断是主体在过程之中的某种感受。就这种主体而言,它有可能是正确的,也有可能是不正确的。而命题则是对判断的分析。判断是一种综合感受,是感受的某种决定,而命题则是所感受的内容,而且只是被感受到的那部分材料的一部分。

6. 意识是经验的顶峰,它只是偶然地被获得,而不是经验的必然基础。

7. 数学的主要方法是演绎法;哲学的主要方法是描述性的概括法。

8. 形而上学范畴不是对显而易见的东西所做的独断性陈述,而是对各种终极性的普遍原理所做的试探性的系统陈述。

教育理论与实践共生共存

——对话杜威之一

促进教育家成长应从本源抓起

问:在我国,包括国务院前总理温家宝在内的很多有识之士曾提出,教育要让教育家办。由此各地未来教育家工程就起步了,您是如何看待这一工程的?

杜威:任何国家都需要一大批懂教育规律、能潜心踏实地办教育的教育家。教育家的成长是有其途径的,不可能急功近利地催生,要从教育的本源抓起,少一些理论,多一些实践。

举我们师生的例子做一个说明。我在1896年创建芝加哥实验学校,以"注重教育的社会性""注重活动""社会性作业课程""注重应用科学方法"为基本原则,进行教育实践。1900年,我出版了《学校与社会》一书,归纳了创办实验学校的思想。结果这本书广泛传播,实验学校也成为当时欧美最引人注目的学校。

贵国教育家陶行知先生赴美留学,曾师从于我,主攻教育。三年后,陶行知学成归国,把我的教育思想改造成有自己特色的生活教育理论。他通过兴办晓庄师范、育才学校实验基地,用大量的实践去检验自己的理论。

从我们师生办学来看,从理论走向实践是教育家的生存路径之一。当然,苏联伟大教育家苏霍姆林斯基也创造了一种路径,即从实践走向理论。理论实践共生共存,也许就是成为教育家的基本路径。

他国经验可借鉴不可胡乱模仿

问:我们向西方学习教育,比如您的教育思想就非常受欢迎。您觉得这种学习应该把握一个怎样的度?

杜威:一百年前,你们西学东用,其急切之心尚可理解;百年过后,教育的极端功利性不减当年,则让人不可思议。

变法图强从教育始,我赞同;但教育必须根据国家的情况,考察国民的需要,而精心定之。决不可不根据国情,不考察需要,而胡乱地仿效他国,这没有不失败的。我在来华讲学时就规劝过你们。一国的教育决不可胡乱模仿别国。

为什么呢?因为一切模仿都只能学到别国的表面种种形式编制,决不会得到内部的特殊精神……所以我希望中国的教育家一方面实地研究本国本地的社会需要,一方面用西洋的教育学说作为一种参考材料,如此说去,方才可以形成一种中国现代的新教育。

回顾你们的现代教育,不但存在"肤浅的美国化"倾向,而且教育上负有责任之官吏,竟将美国教育与现代教育制度视为一物。彼等对于中国之旧教育制度,不但认为陈腐,急需改革,并谓其具有罪不容之性质。其实,作为一个有着五千年文明的东方古国,又有孔子、老子这样伟大的教育家、思想家,你们为什么不从自己的祖先那里汲取有营养的东西滋养你们当下的教育呢?

教育也存在"浪费"现象

问:我们对"浪费"的理解大多是针对经济领域而言,很少言及教育方面的浪费。教育投入提高后,许多地方教育注重硬件的高投入,忽视软件建设,对这种被人为忽视的教育浪费现象,请您给予透彻的剖析。

杜威:我认为教育的浪费,主要是生命的浪费,儿童在校时的生命的浪费和今后由于在校时不恰当的和反常的准备工作所造成的浪费。一切浪费都是由于学校和现实被隔离开来了。我希望能使大家注意到学校制度各个部分的隔离现象,注意到教育目的的缺乏统一性,注意到各门学科和方法的缺乏连贯性。

因为一切浪费都是缺乏组织的结果,而组织背后的动机是促进节约,提高效率。尽管我们的教育界领袖们谈论着教育的目的在于文化的陶冶,在于人格的发展,等等,可是大多数学校里的受教育者却把它当作是获得足够的面包和牛奶,以勉强维持一定生活的一种狭隘的实用手段。

如果教育的功利主义加剧,这何尝不是更大的浪费呢!

独创性会被单一模式摧毁

——对话杜威之二

教育本身并无目的

问：目的决定手段。如果教育目的是分数，那么教育手段必然是威权式的。能否请您谈一谈对"教育目的"的看法？

杜威：我认为，教育本身并无目的。只是人，即家长和教师等才有目的；教育这个抽象概念并无目的。我说"无目的"是针对脱离儿童而由成人决定教育目的的旧教育而言，并非说教育无目的。进一步说，就"教育过程以内"而言，教育是有目的的，即儿童的本能、冲动、兴趣所决定的具体教育过程，也就是生长，就是生活的过程；就"教育过程以外"而言，教育是无目的的，即由社会、政治需求所决定的教育目的，它不属于教育目的，是外在的、虚构的。

教育是生活的过程，是循序渐进的积极发展的过程。"生活""生长"和"经验改造"就存在于这种过程中。我认为教育的目的是通过养成"民主的生活方式"和掌握"科学的思想方法"来培养社会的良好公民。

教育不是将来生活的预备。因为社会、政治需求所决定的教育目的，是从外边强加的，所以，这种教育目的必然产生为遥远的将来做准备的观点,而这种观点的流行又使教师和学生的工作变成机械的、奴隶的工作。于是,将来的干仕求职、功成名就之类都会成为教育的目标。

在我看来,教育是指向人的发展的,是指向受教育者,再进一步说是指向每一个学生个体的,是满足他们的生命成长和发展需要的。正如你们古人所言的"致中和,天地位焉,万物育焉"。

好的教学能唤起儿童的思维

问:大家都知道培养学生优良思维习惯的重要性。在制定教学目标时,往往把思维训练和技能的获得、知识的掌握一起罗列出来。事实上,思维训练目标是很难达成的。您是如何达成的?

杜威:好的教学必须能唤起儿童的思维。作为一个思维过程,我将其分成五个步骤:疑难的情境;确定疑难的所在;提出解决疑难的各种假设;对这些假设进行推断;验证或修改假设。这五个步骤的顺序并不是固定的。

从"思维五步"出发,教学过程也相应地分成五个步骤:一是教师给儿童提供一个与现在的社会生活经验相联系的情境;二是使儿童有准备去应付在情境中产生的问题;三是使儿童产生对解决问题的思考和假设;四是儿童自己对解决问题的假设加以整理和排列;五是儿童通过应用来检验这些假设。当然,做起来实在不是一件很容易的事。

我欣赏胡适先生的一句名言:"大胆地假设,小心地求证。"

教学的单一模式危害大

问:当下,某某模式火爆之后,有的学校或地区亦闻风而动,强力推行所谓的"成功"教学模式。不知您如何评价?

杜威:"成千上万的儿童在某一个小时,就说十一点吧,都在上地理课……教育局局长照例对陆续前来的参观者重复这种得意的吹嘘。"对这种现象你们并不陌生吧。

"按几何图形排列着一行一行的简陋的课桌,紧紧地挤在一起,很少有移动的余地;这些课桌的大小几乎都是一样的,仅能够放置书、笔和纸;另外,有一个讲台,一些椅子,光秃秃的墙壁,还可能有几幅画。我们看了这些情况,就能推断在这样的场所可能进行的唯一的教育活动。这一切都是有利于'静听'的,因为单纯地学习书本上的课文,只是'静听'的另一种形式,它标志着一个人的头脑对别人的依赖性。"对这样的教室和教学情境,你们更熟悉吧。

我认为,各人的观点,喜欢学习的对象以及处理问题的方式,都存在着个别差异。如果这些差异为了所谓一致性的利益受到压制,并且企图使学校中的学习和答问都必须按一个单一的模式,就不可避免地使学生造成心理上的混乱和故意矫揉造作。学生的独创被逐渐摧毁,对自己心理运作的质量的信心被逐渐破坏,被反复灌输要驯顺地服从别人的意见,否则就是胡思乱想。这种情况所造成的损害比过去整个社会受习惯信念的统治危害更大。

杜威的教育思想精髓

1. 教育必须从心理学上探索儿童的能量、兴趣和习惯开始。它的每个方面,都必须参照这些考虑加以掌握。

2. 教育的任务在于发现各人的特长,并且训练他尽量发展他的特长,因为这种发展最能和谐地满足社会的需要。

3. 失败是一种教育,知道什么叫"思考"的人,不管他是成功或失败,都能学到很多东西。

4. 教育的目的在于使人能够继续教育自己。

5. 学校课堂要有使学生能够产生问题运用思想的情境,那就必须设置主动的作业和足以运用的资料。

6. 一个人离开学校之后,教育不应停止。

激发儿童自动求知的本性

——对话杜威之三

学校应是儿童心灵的乐园

问:夸美纽斯说:"学校是儿童心灵的屠宰场。"您是如何把"屠宰场"变成乐园的?

杜威:说学校是"屠宰场",是针对传统教育而言的。传统教育中,学校的重心在儿童之外,在教师,在教科书以及你所高兴的任何地方,唯独不在儿童自己即时的本能和活动之中。教师是传授知识和技能以及实施行为准则的代言人。教科书是过去的学问和智慧的主要代表。传统教学的计划实质上是来自上面的和外部的灌输。它把成人的标准、教材和方法强加给只是正在逐渐成长而趋于成熟的儿童……尽管优秀的教师想运用艺术的技巧来掩饰这种强制性,以减轻那种显然粗暴的性质,它们还是必须灌输给儿童的。

我们教育中将引起的改变是重心的转移,这是一种变革,这是一种革命,这是和哥白尼把天文学的中心从地球转到太阳一样的那种革命。这里,儿童变成了太阳,而教育的一切措施则围绕着他们转动;儿童是中心,教育措施便围绕着他们而组织起来。

儿童禀赋爱好活动的这种潜在动力是强烈的,教育必须尊重和利用它。不激发儿童自动求知的本性,却驱使儿童被迫地诵习书本,硬以外铄力量取代儿童潜在的动力。这无异于将不思饮水的马匹牵到河边强迫它饮水。

为此,我提出教育即生长。真正的教育不是单纯的灌输,而是应该根据受教育者的天赋能力,摈弃压抑、阻碍儿童自由发展之物,使一切教育和教学适合儿童的心理发展水平和兴趣、需要的要求,成为儿童本能、兴趣和能力的生长过程。学校要做的就是把儿童从压迫天性的教育中解放出来,让学校成为儿童快乐的生活园地。

以儿童为中心,并不意味着让儿童放任自流,也不是给教师开方便之门,叫他们偷闲偷懒,而是要求他们支付时间,善于思考,并须具有真知灼见和实事求是的精神。

当然,教育重心的转移不是一蹴而就的,它是要经过漫长的过程的。

教育要培养具有民主素质的公民

问:"民主"一词很"时髦"。您在《民主主义与教育》一书中是怎样定位的?

杜威:什么是民主?我认为应该有两个标准:一是利益分配;二是社会交流。民主的参照物就是专制,在专制社会(或国家)里很少有共同利益;社会各成员之间没有自由的往来。民主社会的特征则是,不仅表明有着数量更大和种类更多的共同利益,而且更加依赖对作为社会控制因素的共同利益的认识;不仅表示各社会群体之间更加自由的互相影响,而且改变社会习惯,通过应付由于多方面的交往所产生的新的情况,社会习惯得以不断地重新调整。

因此，我认为民主的原则要求每一个教师能够通过某种有规则的和有机的方式，直接或通过民主选举产生的代表们，参与到学校管理的过程中。领导应当是通过和别人交换意见从而激发和指导智慧的领导，而不是那种孤立地依靠行政方法专横独断地将教育目的和方法强加给别人的领导。

只有民主的教育才能培养具有民主素质的公民。因为专制教育只能培养奴隶和暴君；国家主义的教育只能把人培养成强国的工具。民主主义教育培养的是具有民主的生活方式和科学的思想方法的公民，这种人不仅是爱国的，也是爱人类的。

行和知是携手共进的良好"伴侣"

问：某研究所调查显示，有94%的小学生十分反感乱扔纸屑，但能主动捡起的人仅占四成。学生表现出来的这种"知行不一"行为往往令教师和家长感到困惑和沮丧。您是怎么看"知行"关系的？

杜威："知行合一"是你们的古训。这个问题，我曾和贵国民主先行者孙中山先生在餐桌上进行了深刻的探讨呢。孙先生说，中国的弱点在于人们长久以来受制于古训"知之非艰，行之惟艰"，即知易行难。他们总是崇尚空谈，不愿采取行动，害怕在行动中犯错误而无所作为……所以孙先生希望通过他的书，引导中国人形成"凡知皆难，凡行皆易"的观点。

我是支持孙中山的"知难行易"说的。行和知是良好的"伴侣"，是携手共进的。行为经验即是根本，而认知不过是行为的工具。因为儿童在活动中求知，即会有真实的学习目的，会产生兴趣和努力。我主张的"从做中学"，就是强调知与行的关系。我学生陶行知先生的改名不就是最好的例子吗？

杜威的教育名言

1. 我们人类当从事实上求真确的知识，训练自己去利用环境的事物，养成创造的能力，去做真理的主人。

2. 兴趣是生长中的能力的信号和象征……兴趣显示着最初出现的能力。因此，经常而细心地观察儿童的兴趣，对于教育者是最重要的。

3. 儿童能力初期萌芽是尤其可贵的，我们引导儿童初期自然趋向的途径能固定儿童的基本习惯，能确定后来能力的发展趋向。

4. 知识不是某种孤立的和自我完善的东西，而是在生命的维持与进化中不断发展的东西。

对话是人类生存的重要方式
——对话弗莱雷之一

避免嘴上"对话",骨子里"灌输"

问:"对话"这个词,如今已经被教师们认同,不过大多还只是停留在口头上,停留在文字上。令人悲哀的是,有时候还成为课堂表演的道具。"对话"是您解放教育思想的核心,请您重点为我们解释一下。

弗莱雷:不客气地说,你们有些公开课上所展示的"对话",借中国俗语说就是"挂羊头卖狗肉",嘴上说的是"对话",骨子里还是"灌输"。

对话不是交谈,不能为了对话而对话。对话不能简化为一个人向另一个人灌输思想的行为,也不能变成由待对话者"消费"的简单的思想交流,更不是那些既不投身于命名世界,也不追求真理,却把自己的真理强加于人的一场充满敌意的论战。

我所说的师生之间进行对话,并不是师生在同一位置上,否则师生便可互换。在对话中,师生都是主体,不仅要保留自己的身份,而且还要积极地捍卫这一身份。对话的目的是为了交流,交流才能共同成长,这正如你们儒家所说的"教学相长"。师生之间的交往并不是学生对教师的理解,而是师生共同对知识的理解。教师如同导师一样,不向学生灌输思想,而是指点迷津。

真正的对话不是要抹去教师的"教","教"隐含在相应的学习行为中,并在学习当中得以完善。教与学是不可分离的,"教"包含着教授对象的学习行为,同时也包含着教育者的学习或再学习的行为。

避免把学生"物化"和"工具化"

问:听了您的高见,我发现我们当下一些教改活动,如"头碰头",热热烈烈,其实教与学已经分离了。从"教师为中心"机械地走向"学生为中心",陷入了"非此即彼"的怪圈。

弗莱雷:处在工业化围城中的现代教育,本身也面临工具化、技术化的危险。学生被当作要加工的零件,受到教育的控制、操纵和灌输,学生在教育的流水线中被程式化和机器化,他们不再对这个世界感到惊奇,不再对大自然的绚丽景象感到喜悦,不再有创造力和想象力。这种教育把知识的学习与人的精神建构分离开来,从而"销毁了儿童的有机生长"。

对话教育就是要避免把学生物化和工具化,而是把他们看成一个实实在在的"人"——一个成长变化着的"人"。对话教育就是要纠正教育的非人化,实行人性化的教育。

对话教育体现在教学上,就是指在对话中不仅传递信息,还要尊重能够激发教育意义的所有言论。教育者的职责不是去窒息学生的好奇心,相反,当一个问题没有被阐明,教师也不应该讥笑他们,而应帮助学生重新解释,使他们能够提出更具价值的问题。但这并不意味着所有的发言都应不加批判地吸收,这里的批判伴随着聆听和反思,是指互相尊重的批判,而不是破坏性的批评。

对话教育体现在师生之间。在教学理论越来越走向对话与交往的时代,我们要改变师生之间"储蓄式"的关系,找回本真的"你 — 我"关系。这种"你 — 我"关系的核心是把教师和学生看成是真正意义上的"人",平等的"人"。

对话教育还应体现在课程与教材方面。行政人员与教师对话,专家与教师、学生对话,学校其他的人员也都要参与进来,目的是让教材的内容更加民主化、合理化。

实现对话教育要防止四个误区

问:听了您的睿言,我也有点想法。对话,也是有条件的。在中小学教育这个层面上,我们所说的"对话"不是苏格拉底所讲的对话,苏氏对话属于灵魂对话,是最高级对话。孔子的"中人以上,可以语上也;中人以下,不可以语上也",释迦牟尼的"为发大乘者说,为发最上乘者说",从另一个角度也说明灵魂对话是有条件的。尽管如此,我们一定要"心诚求之,虽不能至,亦不远矣"。

弗莱雷:你说得有些道理。实现对话教育我们还要防止四个误区。

之一:认为交谈即是对话。我们所指的对话,不仅指各方之间的言谈,还指各方的内心世界的敞开,是对对方真诚地倾听和接纳,在相互接受与倾吐的过程中实现精神的相遇相通。

之二:认为对话越多越好。我们不能为对话而对话,只要对话各方真诚,体现出敞开、接纳、理解和包容,精神都得到了提升,对话即使少,也是有效的;如果各方互有戒心,不能坦诚相待,纵使有再多的对话,也收不到好的效果。

之三:认为对话的目的是取得一致的意见。

之四:认为作为对话式的教学应当有规则性、确定性和计划性。

我最后稍做总结:对话是人的生存方式,是一种创造行为,是一种交流,是生命的象征,是师生之间民主关系的标志,是使学生生命得到解放的关键。

谦虚是学习的起点
——对话弗莱雷之二

驯化教育的目的是为了控制

问:进入新课改后,被人诟病的满堂灌,名"亡"了,可在一些课堂上还实"存",不过具有了隐蔽性。究其原因,是人们对这种"灌输式教育"的实质和危害没能从思想上认清。请您给厘清一下。

弗莱雷:你们说的"灌输式教育",我称之为"银行储蓄式教育"。在"银行储蓄式教育"中,教师享有绝对的权威,高高在上,神圣不可侵犯,他们是教学活动的主体,是发号施令者,把思想观念"存入"学生大脑里,而学生只是知识的存储器。

"银行储蓄式教育"加剧了社会的不平等与不公正。它忽视了生命的存在,把人降格为"物",教育过程只是一种产品加工过程,人不仅被物化,同时也被异化了。当教育成为控制学生的工具,沦为纯技术的训练时,生命个体内在的无限潜能便被教育者忽视了。学生没有自己的思想,头脑里装的全是从书本和老师那儿学来的死知识,结果成了"容器"。

"银行储蓄式教育"的实质是驯化教育,其目的是控制。教师传递给学生的是一种虚假的意识,是为了让学生适应现实。在"银行储蓄式教育"的课堂上,优秀的学生最容易被灌输,学生们丢弃自己的批判思维,不断调整自己,去适应老师所规定的模式。这种教育利用家长式的行动机制来驯化学生,阻碍了教育的实践行为,扼杀了学生的创造力和批判意识,培养出来的学生千人一面、万人同音,毫无个性。这种教育是非人性化的。

驶向教育的彼岸,需要提高自己的德行

问:您把"真正的人性"作为解放教育的目的,把"自由教育学"当作教育的最高阶段。如果把"自由教育学"比作一只大船,您认为掌舵者应该怎样做?

弗莱雷:教师作为这艘船的掌舵者,不仅要学会尊重学生,还要提高自己的德行,才不至于使船偏离目标。谦虚是教师首先应该做到的,这是师生共同学习的起点和基础。因为谦虚能使人真诚地去听别人说什么,会让平等的对话和沟通真正实现,进而避免了偏听偏信、自我崇拜及傲慢无礼。谦虚的教师不仅要吸收学生身上的优点,吸取他们思想中的闪光点,还要能够包容他们暂时的"无知"和犯下的一些过失,引导他们不断超越自己。

爱心是教育的源泉,老师只有对学生和教育的过程充满热爱,才会真正体会到教学的乐趣。这里的爱体现为宽容,宽容使我们尊重并学习与己不同的思想,宽容能将先进的教育理念转化成真正的教育实践。

果断也是教育者不可缺少的重要品质。一个连自己都不知道下一步该往哪个方向走的教师,怎能引导学生去抉择呢?

用智慧去处理忍耐与急躁之间的关系也是教师应力行的德行。单纯的忍耐或急躁都不利于学生的发展。如果教师只是一味地忍耐,很可能

会导致对学生的纵容,从而破坏民主氛围,也会使学生无所事事,教学呈现松散、无序的状态。如果过于急躁,为行动而行动,对学生随便呵斥,缺乏尊重,同样也达不到教学目的。我认为,真正的有效教学是把二者巧妙地结合起来,使它们之间保持必要的张力。

教育工作者就是政治家

问:我们常常纠结于教育与政治的关系,认为教育要远离政治,只有如此,教育才能搞好,您是如何认知的?

弗莱雷:世界上不存在中立的教育,教育就是政治!政治就是教育!作为教育工作者,我们是政治家,我们在教育过程中参与政治。如果我们梦想自由,那就让我们为能与学生双向交流的学校而日夜奋斗,倾听学生,也让他们倾听我们。

教育就是要唤醒人的政治意识,教育就是要唤醒人的公民精神和责任感;教育就是要发展人的民主美德,教育就是要影响人!

要培养学生的批判意识

——对话弗莱雷之三

从学生懂的地方开始教

问:每个教学过程都有开端,都应该有出发点。但是我们在具体教学中常常不知出发点在哪,请您指点一下。

弗莱雷:"尊重当前知识是教学的出发点",这应该是教育者必须明白的。教育必须从学生当前的认识着手,而不是从教师当前的知识开始教学。要从"有"开始,而不是从"无"开始。你从"那里"出发,就永远到不了"那里",你只有从"这里"出发,才能到达"那里"。"那里"是指学生不懂的地方,"这里"是指学生懂的地方。你们从学生不懂的地方着手,学生永远都无法真正懂;只有从学生懂的地方开始,才能够从"这里"到达"那里"。

本真的"你—我"关系

问:作为一名教师,应该明晰"教与学"的关系,可现实中却未能如此。您是如何确定"教与学"的?

弗莱雷:在《被压迫者教育学:意识的解放》中我批判了"银行储蓄

式教育",提出了解放教育。这样教与学的关系也随之改变,师生之间不是控制与被控制、压迫与被压迫的关系,而是平等民主的互惠式关系。教师的角色应该既是教育者又是受教育者,学生则既是受教育者又是教育者,两者之间教学相长。

我主张的解放教育是以解决师生之间的矛盾为起点的,着重于"此时此地"。它要求学生能独立地做批判性思考,教师不能将自己的思想强加给他们。老师可以成为学生,学生也可以成为老师。师生成为学习共同体,教师与学生交流并同他们一起学习或再学习。师生之间的关系不再是等级式的,而是水平式的,是本真的"你—我"关系。这种"你—我"关系的核心是把教师和学生看成真正意义上的"人",平等的"人"。

真正的教是打开思维

问:"教"对教师而言似乎是没什么可说的,其实,对"教"的形而上的省思非常重要。您对此有何见教?

弗莱雷:真正的教是打开思维。正因为有教师的"教",才相应地有学生的"学"。当然,在逻辑上,"学"始终要在"教"之前。教师的"教"应引起学生的好奇心和求知欲,使学生热爱并不断去探索知识。如果阻碍了学生思维能力的发展,那么教出来的学生只能是驯化了的、思维被凝固了的机器。

在真正的民主关系中,对话能够打开人的思维。如果别人不思考,我也不能真正思考。我不能替代别人思考,但没有别人,我亦不能思考。因此,教不能是灌,不能通过纯粹的概念描述,让学生机械地去记忆。不能把"教"简化为教学生去学习如何背诵,而应该教学生学会学习,学会研究事物背后的内涵。"教"意味着学习者能够渗透到教师的课程里,挖掘出教材内容的深层意义。教师的教和学生的认知是平行的。

那么教师如何做才算是真正的教呢？一个不去研究教材的教师是教不好的,所以要熟悉、学习教材并深刻地领会它。另外,即使教师理解了教材,也要问问自己究竟懂了多少,自己的理解是在哪一个水平线上。其次,还要尊重学生的理解和当前的认知水平,激发他们的批判性思维。

追求"教"的最高境界

问:我们国人很爱追求"最",如"最大""最高""最长"等。请您谈谈教师的"教"的最高境界是什么。

弗莱雷:对教师而言,教师应该追求"教"的最高境界。我认为它应该是培养学生的批判意识（至少要在学生心里种下批判意识的种子）。人具有了批判意识,也相应地具有了民主的意识。这里所说的"意识",不单单是人们对物质世界的反应,更重要的是人们对这一世界的反思。意识的真实性在于把揭露现实和改造现实动态、辩证地结合起来。

关于批判意识的内涵,简而言之,就是人们用因果原则对问题进行深入解释,用开放的心态、对话的方式对待问题、观察问题、分析问题。处于这种意识状态的人们在提出问题、分析问题、解决问题时就会避免扭曲的认识,避免受预想观念的左右;就会主动、负责任地对待问题;对待新旧事物时不会因为事物的"新"或"旧"盲目地接受或抛弃,而是科学地接受新旧事物中合理的东西。

人们的这种批判意识不是天生的,它必须要通过教育才能具有。只有通过教育,学生才会拥有批判意识,去认识世界,揭露世界,改造世界,完善世界。

推荐书目

《教育名家论教育》
　　贾馥茗教授教育基金会主编
　　首都师范大学出版社　2009年2月出版

《学校在窗外》
　　黄武雄著
　　首都师范大学出版社　2009年2月出版

《课程：教师的创新》
　　[美]约翰·D.麦克尼尔著　徐斌艳、陈家刚主译
　　教育科学出版社　2008年6月出版

《跟蔡元培学当校长》
　　吴家莹著
　　首都师范大学出版社　2010年2月出版

《自主课堂：积极的课堂环境的作用》
　　[美]戴尔·里德利、[美]比尔·沃尔瑟著　沈湘秦译
　　中国轻工业出版社　2008年1月出版

《思维教学：培养聪明的学习者》
　　[美]R. J.斯腾伯格、[美]L. S.史渥林著　赵海燕译
　　中国轻工业出版社　2008年1月出版

《学生是如何学习的：课堂中的历史》
[美]M.苏珊娜·多诺万、[美]约翰·D.布兰思福特主编　张晓光、郑葳译
广西师范大学出版社　2011年3月出版

《深度学习的7种有力策略》
[美]埃里克·詹森、[美]利恩·尼克尔森著　温暖译
华东师范大学出版社　2010年5月出版

《了解你的学生：选择理论下的师生双赢》
[美]格拉瑟著　杨诚译
首都师范大学出版社　2011年1月出版

《做自己是最深刻的反叛》
谢锦桂毓著
首都师范大学出版社　2011年9月出版

《乖孩子的伤,最重》
李雅卿著
首都师范大学出版社　2010年2月出版

《为什么学生不喜欢上学？》
[美]丹尼尔·T.威林厄姆著　赵萌译
江苏教育出版社　2010年5月出版

《家庭作业的迷思》
　　[美]艾尔菲·科恩著　项慧龄译
　　首都师范大学出版社　2010年6月出版

《教育即解放：弗莱雷教育思想研究》
　　张琨著
　　福建教育出版社　2008年4月出版

《培养精英》
　　薛涌著
　　江苏文艺出版社　2010年2月出版

《美国中学是这样的》
　　魏嘉琪著
　　黑龙江教育出版社　2011年9月出版

《没有教科书：给孩子无限可能的澳洲教育》
　　李晓雯、许云杰著
　　首都师范大学出版社　2011年4月出版

《成就每一个孩子 —— 陈之华解码芬兰教育》
　　陈之华著
　　首都师范大学出版社　2012年8月出版

《与大数据同行：学习和教育的未来》
［英］维克托·迈尔－舍恩伯格、［英］肯尼思·库克耶著　赵中建、张燕南译
华东师范大学出版社　2015年1月出版

《没有围墙的学校——体制外的学习天空》
李崇建、甘耀明著
首都师范大学出版社　2010年3月出版

《给教师的101条建议》
［美］安奈特·L.布鲁肖著　方雅婕译
中国青年出版社　2011年5月出版

《好老师在这里》
林文虎著
首都师范大学出版社　2009年2月出版

《遭遇问题学生：问题学生的教育与转化技巧》
万玮编著
中国轻工业出版社　2010年1月出版

《课堂教学"红绿灯"：提高教学效果的9种技巧》
［美］里奇·艾伦著　杨苗捷译
中国轻工业出版社　2010年11月出版

《老师，你会不会回来》

  王政忠著

  首都师范大学出版社　2013年7月出版

《下一秒，遇见Super老师》

  Super老师著

  首都师范大学出版社　2010年4月出版

《小学节日活动创意设计与组织》

  王艳芳著

  中国轻工业出版社　2012年8月出版

《优质教学的11条准则》

  ［美］维琪·吉尔著　骆玮译

  中国轻工业出版社　2010年2月出版

《名作细读：微观分析个案研究（修订版）》

  孙绍振著

  上海教育出版社　2009年6月出版

《中学语文这样上：徐江新解读与教学实践（初中版）》

  徐江、董爱军、岳亚军主编

  福建教育出版社　2013年4月出版

《孔子之路》
[英]乔纳森·朴赖斯著　陈东生、陈晨译
齐鲁书社　2012年9月出版

《思想肖像：中国知名教育家的故事》
[加]许美德著　周勇等译
教育科学出版社　2008年6月出版

《陈雨亭：教师研究中的自传研究方法》
陈雨亭著
首都师范大学出版社　2012年9月出版

《读书是教师最好的修行》
常生龙著
教育科学出版社　2015年10月出版

《怎么上课，学生才喜欢》
魏勇著
中国人民大学出版社　2016年4月出版

《教师成长力修炼》
刘波著
宁波出版社　2015年6月出版

《教学勇气：漫步教师心灵》
　[美]帕克·帕尔默著　吴国珍等译
　华东师范大学出版社　2005年10月出版

《教学作为德性实践：价值多元背景下的思考》
　王凯著
　江苏教育出版社　2009年3月出版

《提升精神与智慧力量：优秀教师的觉醒之路》
　孙宗良编著
　江苏凤凰科学技术出版社　2014年10月出版

《追寻失落的中国教育传统》
　王丽著
　教育科学出版社　2010年11月出版

《国学经典规范读本》（启蒙类）
　冯国超译注
　商务印书馆　2015年3月出版

《学记》
　潜苗金译注
　浙江古籍出版社　2011年11月出版

《荀子教育学说》
　　余家菊著
　　首都师范大学出版社　2011年4月出版

《庄子》
　　孙通海译注
　　中华书局　2007年3月出版

《钱文忠解读〈三字经〉》
　　钱文忠著
　　中国民主法制出版社　2009年4月出版

《索达吉堪布人生开示.1》
　　索达吉堪布著
　　甘肃人民美术出版社　2013年5月出版

《中国历代书院学记》
　　王涵主编
　　首都师范大学出版社　2010年11月出版

《过去的教师》
　　商友敬主编
　　教育科学出版社　2007年11月出版

- 《读书那些事：给教师的阅读建议》
  梁杰主编
  江苏凤凰科学技术出版社　2017年4月出版

- 《如何阅读一本书》
  [美]莫提默·J.艾德勒、[美]查尔斯·范多伦著　郝明义、朱衣译
  商务印书馆　2014年10月出版

- 《传习录》
  王阳明著　秦琼译著
  南海出版公司　2015年12月出版

- 《教育的目的》
  [英]怀特海著　庄莲平、王立中译
  文汇出版社　2012年10月出版

- 《民主主义与教育》
  [美]约翰·杜威著　王承绪译
  人民教育出版社　2001年5月出版

- 《被压迫者教育学：意识的解放》
  [巴西]保罗·弗莱雷著　顾建新等译
  华东师范大学出版社　2014年4月出版

《什么是教育》
[德]雅斯贝尔斯著　邹进译
生活·读书·新知三联书店　1991年3月出版

《读书成就名师：12位杰出教师的故事》
张贵勇著
教育科学出版社　2013年5月出版

《阅读的旅程：教师专业成长地图》
张贵勇著
华东师范大学出版社　2014年9月出版

《教师阅读力》
刘波著
宁波出版社　2014年4月出版

《课堂上究竟发生了什么》
吴非著
中国人民大学出版社　2015年6月出版

《从新手到研究型教师：我的专业成长手记》
刘波著
宁波出版社　2016年6月出版

《静悄悄的革命：课堂改变,学校就会改变》
　　[日]佐藤学著　　李季湄译
　　教育科学出版社　2014年11月出版

《给教师的5把钥匙》
　　常生龙著
　　教育科学出版社　2016年9月出版

《给学生真正需要的教育：中国青年报冰点周刊教育特稿精选①》
　　中国青年报冰点周刊主编
　　中国人民大学出版社　2017年5月出版

《叩问课堂》
　　周彬著
　　华东师范大学出版社　2007年4月出版

《课堂密码(第二版)》
　　周彬著
　　华东师范大学出版社　2012年1月出版

《如果我当教师》
　　叶圣陶著　　杨斌选编
　　教育科学出版社　2012年5月出版

★ 新书速递　　　　　　　宁波出版社·学而书坊

◀ **合作学习**
实用技能、基本原则及常见问题
[新加坡]乔治·M. 雅各布斯
[美]威利·A. 利奈达雅
[美]迈克尔·帕瓦　著
定价：40.00 元
帮助教师创建协同努力的高效能课堂

新班级教学译丛

盛群力　主编

精选教学设计领域国外畅销经典
涵盖课堂教学、课程开发、教师发展等多个维度
案例生动丰富，易学易操作

◀ **简明生本学习策略**
[新加坡]乔治·M. 雅各布斯
[美]威利·A. 利奈达雅
[美]迈克尔·帕瓦　著
定价：35.00 元
为教师提供创建"以学为中心"
的卓越课堂的一整套核心技术

成功智力教学（第 2 版） ▶
提高学生学习效能与成绩
[美]罗伯特·J. 斯滕伯格
[美]埃琳娜·L. 格里戈连科　著
定价：45.00 元
培养学生成功必需的三元智力：
分析性智力、创造性智力和实践性智力

书　名	作　者
*技术促进课堂有效教学（第 2 版）	[美]霍华德·皮特勒 [美]伊丽莎白·R. 哈贝尔 [美]马特·库恩　著
*如何编制与使用量规：面向形成性评估与评分	[美]苏珊·布鲁克哈特　著
*优质提问助讨论：能言、善听和乐思	[美]杰基·A. 沃尔什 [美]贝丝·D. 塞斯　著
*优质提问促思考：学生深度参与学习	[美]杰基·A. 沃尔什 [美]贝丝·D. 塞斯　著
*精准教学：教师成长与领导的框架	[美]道格拉斯·费希尔 [美]南希·弗雷 [美]斯蒂芬妮·A. 海特　著
*理解为先设计实例：教师专业发展手册	[美]G. 麦克泰 [美]J. 威金斯　著
*项目学习：三种方式培养有自信有能力学习者	[美]迈克尔·麦克道尔　著
*生本合作学习	[美]乔治·M. 雅各布斯 [美]威利·A. 利奈达雅　著

（带 * 为即将出版的图书）

★ 教师阅读与成长

倾听与反思

刘善娜 著
定价：45.00 元

"丸子姐姐"刘善娜
浙江省最年轻特级教师的修炼日志

阅读照亮教育人生

吴 奇 著
定价：35.00 元

务实、接地气、具操作性的一线教师书评
精准解读教育思想，深刻剖析教育问题，
全面分享教育技巧

第九个班主任

高华芳 著
定价：45.00 元

"普通教师"高华芳和她的学生之间的教育故事
当代中国教育最真实的样子
2017 年 11 月浙版好书推荐

书 名	作 者	定 价
教师阅读力	刘 波 著	29.00 元
爱上我的课堂：一位小学数学教师的教学反思日志	刘善娜 著	35.00 元
教师成长力修炼	刘 波 著	29.00 元
阅读，打开教育的另一扇门	凌宗伟 著	29.00 元
从新手到研究型教师：我的专业成长手记（第二版）	刘 波 著	32.00 元
守护教育的良心	厉佳旭 著	36.00 元
小学支援型习作教学	郭 昶 张晨瑛 编著	38.00 元

★ 焦点解决治疗丛书

◀ **尊重与希望：焦点解决短期治疗**

许维素 著
定价：68.00 元

焦点解决短期治疗亚洲地区代表人物之一
许维素教授最新力作
焦点解决短期治疗入门必备手册

高效教师：焦点解决取向在学校教育中的应用 ▶

[美] 琳达·梅特卡夫（Linda Metcalf） 著
定价：45.00 元

高效能教师的工作手册
每一位青少年成长教练都值得一读

书 名	作 者	定价
焦点解决治疗：理论、研究与实践	[英] 麦克唐纳 著	32.00 元
建构解决之道：焦点解决短期治疗	许维素 著	58.00 元
高效教练：焦点解决教练精要	[瑞士] 彼得·邵博等 著	28.00 元
*焦点解决短期治疗：循证实践手册	[美] 辛西娅·富兰克林等 著	即将出版
*焦点解决短期治疗训练工作手册	[英] 麦克唐纳 著	即将出版
*有效的焦点解决短期治疗（第3版）	[美] 杰拉尔德·B. 斯凯莱 著	即将出版
*1001个焦点解决问句：焦点解决会谈手册（第4版）	[荷兰] 弗雷德里克·贝尼克 著	即将出版
*儿童与家庭治疗：焦点解决取向	[美] 帕梅拉·K. 金 著	即将出版
*家庭焦点解决短期治疗	[美] 纳尔森 著	即将出版

★ 更多好书

◀ 中小学心理危机筛查
与干预工作手册

浙江省中小学心理健康教育指导中心 编
定价：18.00 元
提供给各学校的开展心理危机筛查与干预工作的入门手册

◀ 幼儿园垃圾分类主题
活动创新设计

黎芬 主编
定价：45.00 元
将垃圾分类落实到幼儿园一日活动中，落实到孩子的生活、学习之中

书　名	作　者	定　价
◇ 教师心理健康教育教材 ◇		
心理辅导活动课操作实务	钟志农　著	36.00 元
小组辅导操作实务	骆　宏　著	32.00 元
心理咨询技术与应用	刘宣文　著	36.00 元
浙江省中小学校园心理危机干预指导手册	浙江省中小学心理健康教育指导中心　编	24.00 元
◇ 课堂教学 ◇		
小学适性阅读策略的学与教	周步新　主编	36.00 元
用童诗丈量梦想：儿童诗的欣赏与教学	方蓉飞　史京　主编	39.00 元
诗润童年：儿童诗的教学主张	方蓉飞　著	28.00 元
初中数学变式精讲	王伟　著	49.00 元
◇ 幼儿园特色课程 ◇		
重构孩子的世界：幼儿园经典主题活动创新设计（大中小班三册）	牟秀玲　主编	45.00 元
有准备的教学：幼儿最优学习的活动设计	张赛园　主编	46.00 元
幼儿趣味足球游戏 100 例	沈灵君　主编	18.80 元
小足球　大世界：幼儿足球主题活动创新设计	顾旭峰　主编	36.00 元
玩艺术：与孩子一起创设美育空间	庄旭东　徐侠　主编	39.80 元

宁波出版社微信公众号　　宁波出版社天猫旗舰店

《教育照亮未来：民国八大教育家经典文选》
杨斌 编
华东师范大学出版社　2013年7月出版

《我读天下无字书》
丁学良 著
北京大学出版社　2016年8月出版

《优秀教师的成长：关键人物》
方心田 主编
中国人民大学出版社　2017年8月出版

《优秀教师的成长：关键事件》
方心田 主编
中国人民大学出版社　2017年8月出版

《优秀教师的成长：关键读物》
方心田 主编
中国人民大学出版社　2017年8月出版

《重新定义学校》
李希贵 著
中国人民大学出版社　2017年12月出版

《让教育更明亮》

常生龙 著

长江文艺出版社　2018年1月出版

后　记

读书，我一生都要做的功课

"白日不到处，青春恰自来。苔花如米小，也学牡丹开。"袁枚的这首《苔》，赞美的是苍苔敢于拼搏的精神。我犹如小小的苔花，但又是"能思考的苇草"，所以，我也要为教育的春天增添一抹春色，哪怕是一点鹅黄。

在教材、教参、资料中摸爬滚打了十年，有一天，我突然发现浑身裹满了茧，感觉自己要僵化了。夜深，辗转反侧不能寐，"真的就这样下去，当一个熟练的教书匠？"内心深处有一个微弱的声音回答我："苔花如米小，也学牡丹开！"

偶然的机会，朋友麇集向我推荐了朱永新主持的"教育在线"，我仿佛从沙漠中发现了清泉。欣喜之后，我的"苔花集"开张了。每日看帖、跟帖、写帖、回复。写教学日志，写教学反思；读书，摘抄精华，写读后感。

我出身贫寒，上中学、大学时零星地读了点书，直到40岁才开始有计划地读书、写作。

辛勤耕耘终于在料峭的早春开出第一朵小花，我的豆腐块文字发表在《中国教育报》上，为我的春天花园增添了最为亮丽的一抹色彩！在与编辑张以瑾的交流中，我的第一篇书评《培养聪明的学习者》反复删改了八次：从立意到标点符号，从题目、小标题到个别字词。我深深感到文字的锤炼是一门永久的功夫。从此之后，读书后每写一篇文字，我都要反复修改，绝不少于六次，有时多达九次。每当文章发表后，我都要对照原稿和发表稿，细细思考编辑改动过的文字：编辑为什么要改这个词，改完之后好在哪里？思考中不禁佩服编辑的文字般若。单举一例：原题目是"亮出破解课堂学习问题的妙招"，发表稿的题目是"洞悉学生学习的内在规律"。前者好比一个桃子，后者则是桃核。编辑一下子就把书中的精华"掏出"，真乃一语中的！学习永无止境，必须永葆向学之心！

从此，读书、写作成了我业余生活的主旋律。书籍给了我思想、知识，也磨炼了我的意志；在丰富大脑的同时，我也深深感到自己是多么贫乏！

阅读的脚步不能停下！阅读要往课堂上延展！

随着读书越来越多，我渐渐地把教育思想、教学智慧内化，新鲜的思想和智慧像春雨一样滋润我的课堂。

我总想，读书就是"学"，学完之后，不去用、不会用，只能当个"两脚书橱"；当读书与教学相长的时候，读书才会进入一种境界。但是，从"学"到"致用"再至"善用"却是个不断用心反省、勤于思考、勇于践行、螺旋上升的过程。

"你回答得不对！""错了！"……这样的声音至今还像炸雷一样常回响在我的耳边。开始，学生还能壮着胆子回答，受到我如此的

"轰炸"后,任凭我怎么"启发",学生们再也不开口了。

学生为什么不愿意再回答问题了呢?我苦思冥想,但无解。直到读到《自主课堂:积极的课堂环境的作用》这本书,我终于找到了原因。

课堂上,学生们有谁能承受一次次的"失败",又有谁愿意承认自己"无知"呢?随着年龄的增长,学生会对自己的"无知"越来越难以启齿。因为缺乏安全感和归属感,他们受到教师"无情"的打击,要么选择沉默,要么选择逃避学习。

带着问题,认真阅读,我找到让学生重新开口的妙招。教师需要创造能够保障学生情绪安全感和归属感的课堂环境,让他们认识到,在课堂上,承认自己的知识漏洞或错误不是丢人的事——课堂本来就是"允许出错的地方"。终于明白:过去我太苛求学生回答正确。自此,"课堂本来就是'允许出错的地方'"成了我的课堂新理念。

在课堂上,我勇敢地撕下教师"全知全能"的面具,轻松地承认自己"并非无所不知"。"不要向我学习,要向文章作者学习,他们才是你们真正的老师。我无非是一名向导罢了。我也要和你们一起向这些名教师学习。"

阅读恰如春草,又胜似春草,更行更远还生。

要想彻底解决课堂问题,必须持续地阅读。当我读到 M.苏珊娜·多诺万、约翰·D.布兰思福特主编的《学生是如何学习的:课堂中的历史》这本书时,对课堂的理解又进了一步。"你回答得不对"或"说与不说是态度问题,说得好不好是水平问题",这些课堂上教师对学生的反馈属于评价。好的评价会促进课堂发展,坏的评价却阻碍课堂发展。

习惯总结性评价的我彻底地认识到,在教学过程中进行评价的目的,是使教师和学生看见自己的思考过程。教师的评价不是结论,而应该触动学生修正和改进思维与理解。

"曼纽尔,不要擦掉你的这个题。我知道你可能在想它是错的,因为你得到了一个不同的答案,但是请记住,错误帮助我们更好地学习,因为其他同学也会犯同样的错误。"书中这一教学细节又让我学会一招。从只关注答案的对与错转换到关注错误答案的产生过程,这是一种多么高明的教学技巧啊!此后,我不再随意擦去学生错误的板书,还会告诉学生要保留自己练习或作业中的错题,让它们成为"镜鉴",成为新一轮学习的起点。

纸上得来终觉浅,绝知此事要躬行。教学生涯中,遇到"问题学生"是教师很头疼的事。与"问题学生"过招,我们难免会遇到挫折,有时甚至很沮丧。当读完黄武雄的《学校在窗外》,苏明进的《希望教室》,李崇建、甘耀明合著的《没有围墙的学校:体制外的学习天空》等书之后,我发现智慧的互动才是解决"问题学生"的金钥匙。

对"大错不犯、小错不断"的"熊孩子",我一改过去训斥、罚站、写检查等被动招数,学习台湾苏明进老师的妙法——写反省单。在处理犯错的"熊孩子"之前,我先让孩子写犯错的经过、心里的真实想法,争取让他们自我厘清事情的始末。当孩子有了反省的诚意后,我再与孩子沟通,让孩子明白错在哪里,和孩子一起商量出解决及补救的方法。这种妙法不但教育好了"熊孩子",还治好了我情绪冲动的老毛病。

写反省单最重要的是觉醒的历程,教孩子怎样反省自己的错误,远比老师处罚他更有教育意义。

帅帅是班里经常搞恶作剧的"坏"孩子,最令老师、家长头疼。我向李崇建老师学习,从"恶"中发现帅帅喜欢画画这一"爱好",并抓住了这一闪的灵光,让帅帅参与板报、软木墙设计,鼓励他参加校徽设计大赛,给老师和同学画人物肖像画。渐渐地,"坏"孩子走上了健康之路。

由此,我记住了黄武雄的话:互动,是人了解自己、了解他人和世界的最直接方式。

解决自己教育上的问题,最好是通过读书先转变自己的观念,以拿来主义运用书中的策略。或许,你改变不了他的家庭状况,改变不了社会环境,但用我们的宽容、爱心、耐心、决心、智慧与学生互动,就可以改变他的心灵。

心灵改变了,藏在每个人心中的善的春芽,离破土而出还会远吗?

书中的教育思想、教学策略、管理技巧仿佛给我插上了翅膀,让我的教育生活变得有滋有味。于是,扎根课堂、勤于读书、善于反思、乐于写作成为新常态。

阅读的脚步不断前行,我的思考也在深入。

教师的一生可以平凡,但不可以平庸;教师的生活可以简约,但不可以简单。教师不但要有能力,更要有能量,而能量的蓄积则来源于一生读书。因此,读书是我一生要做的功课。

苏霍姆林斯基说:"阅读乃是教师思想和创造的源泉,乃是生活不可或缺的部分。没有读书的需求,整个教育制度就会垮掉。"此言不谬,教育制度的垮掉,正是一个国家、民族消亡的诱因。

反观现实，有些人汲汲于名利，即使通过学校学习所获得的知识，大多还是"套装知识"，缺乏与世界的联结及互动，缺少阅读习惯，常常忽视从代表人类文明的书籍中汲取丰富营养。

为什么要把读书当作一生的功课？

当代学者梁衡说："书籍是我们视接千载、心通四海的桥梁，是每个人来到这个世界上首先要拿到的通行证。"英国文艺评论家赫兹利特说："书籍深透人心，诗随血液循环。少小所读，至老犹记。书中所言他人之事，却使我们如同身历其境。无论何地，好书无须倾尽其囊，便可得之。而我们的呼吸也会充满了书香之气。"

不仅如此，读书更会让人"旷心怡神，醉情驰思，增趣添雅，长才益智"。当你借助书籍进入精神世界，洞察万物时，当随着年龄的增长，读书越来越成为你生活中的一种高级享受时，高尔基这句"书籍是人类进步的阶梯"才具有了伟大的现实意义。

作为教师，苏霍姆林斯基曾言："只有当教师的知识视野比学校教学大纲宽广得无可比拟的时候，教师才能成为教育过程的真正的能手、艺术家和诗人。"这充分表明教师走专业化发展之路必须要跨过读书这道"坎"；个人成长规划也决定教师必须通过读书来提高自己的素养。

请记住：鸡蛋从外面往里打破是食物，而从里往外打破便成了生命！

那么，怎样做到这一点呢？

要培养读书的兴趣。兴趣来自人对精神生活的追求与需要，就像饥饿的人扑向面包一样把书当作精神食粮。要能在书本面前坐下来，静思凝虑、心无旁骛地品读与玩味，精骛八极、心游万仞地联想与思考。力争在读书中探寻出一种兴趣,在读书中养成好的习惯。

要挤出读书的时间。鲁迅说:"时间就像海绵里的水,只要愿意挤,总还是有的。"如果少一些浮躁,少一些功利,少一些应酬,那么你就会挤出时间来阅读。用阅读来抵抗各种引诱,是因为读书给人带来的效果比声、光、电等形式更加深刻而持久。

要掌握读书的方法。无论是为人生着底色、为人生奠基石的阅读,还是咬文嚼字式的专业阅读,你都要掌握并熟练运用各种读书方法。赫胥黎说过:"每个知道读书方法的人,都有一种力量把他自己放大,丰富他的生活方式,使他的一生内容充实,富有意义,而具兴味。"杨绛对读书有个精彩比喻,"读书好比串门儿——'隐身'的串门儿"。无论古今,不论中外,不问专业,不用打招呼,不用告辞,这是读书以外极难获得的自由! 只有自由的阅读才是有生命的阅读,读书才会变成人一生的伴侣。

要懂得有选择地读书。书是读不尽的,你多读一本没有价值的书,便丧失可读一本有价值的书的时间和精力;物质丰裕的社会,时髦风盛行,唯独读书做学问是不能赶时髦的。世界上最能经受岁月磨蚀的不是庙宇、雕像,而是经典书籍。教师读书就要读经典书籍,美学家朱光潜指导我们:"你与其读千卷万卷的诗集,不如读一部《国风》或《古诗十九首》,你与其读千卷万卷谈希腊哲学的书籍,不如读一部柏拉图的《理想国》。"

随着物质生活的丰裕,横流的物欲渐渐浸染校园,以考试为主要目标的教育让教师的精神世界荒漠化,读书的风气渐行渐远;过低的国民阅读素质,又很难创造全民阅读的氛围。教师作为国民阅读的先锋,民族精神传承的火炬手,学生读书的引路人,必须担当起真正的教育使命;而读书显然应当成为每一个教师一生都要做的功课,即专业成长的必修课。

卡尔·雅斯贝尔斯说,教育意味着一棵树摇动另一棵树,一朵云推动另一朵云,一个灵魂唤醒另一个灵魂。我也想说,读书也意味着一本书联结另一本书,一个思想影响另一个思想,一种智慧启发另一种智慧。

吃水不忘挖井人。感谢《中国教育报》的张以瑾先生、张贵勇先生、张树伟先生、徐启建先生、梁杰女士,感谢《现代教育报》的雷玲女士、甄酉川先生,感谢《教育时报》的吴松超先生、代修鹏先生,感谢李林寒先生、李绮蓉女士,感谢广东《师道》的李淳女士,感谢《教师博览》的王凌燕女士,感谢源创图书李玲女士,还要感谢众多从未谋面的博友对我文字的鼓励,特别感谢本书编辑陈静女士、张利萍女士以及为本书设计、排版、校对的工作人员!

人过中年。尽管如此,我仍要带着一本本人生的通行证,不断转身,继续行走在"汲取教育思想、教学智慧,学以致用"的大道上,让一粒粒苔花盛开。

吴奇

2019年6月